心灵花园

牛津大学出版社签约作家、《读者》
杂志签约作家共同抒写少年的心灵
和青春的梦想

足下与世界

周丽　赵霞　主编

山东城市出版传媒集团·济南出版社

图书在版编目(CIP)数据

足下与世界／周丽，赵霞主编. —济南：济南出版社，2019.3

（心灵花园丛书）

ISBN 978 - 7 - 5488 - 3592 - 9

Ⅰ.①足…　Ⅱ.①周…　②赵…　Ⅲ.①随笔—作品集—中国—当代　Ⅳ.①I267.1

中国版本图书馆 CIP 数据核字(2019)第 036819 号

出 版 人	崔　刚
责任编辑	张伟卿　马永靖
装帧设计	宋　逸
出版发行	济南出版社
地　　址	山东省济南市二环南路 1 号(250002)
编辑热线	0531 - 86131741
发行热线	0531 - 67817923　86922073　68810229
印　　刷	山东省东营市新华印刷厂
版　　次	2019 年 3 月第 1 版
印　　次	2019 年 3 月第 1 次印刷
成品尺寸	150mm×230mm　16 开
印　　张	7
字　　数	72 千
印　　数	1 - 5000 册
定　　价	49.00 元

(济南版图书,如有印装错误,请与出版社联系调换。联系电话:0531 - 86131736)

目 录

第一辑 生命的恩赐

世界上最好的东西 / 2

阳光无香 / 5

真实表白 / 7

生命的五种恩赐 / 9

给咖啡加点盐 / 13

走出风雪所困的自己 / 16

不该关上的门 / 20

第二辑 生活中的冰山

停顿十秒 / 26

设计人生的时刻表 / 29

把帽子扔过墙去 / 33

三棵雪松 / 36

第三辑　心灵的后花园

开辟心灵的后花园 / 40

正视生命的风暴 / 43

足下与世界 / 45

人生开关 / 47

困驴的启示 / 49

偷窃自己的人 / 51

三种鱼的启示 / 54

改变是给自己一个机会 / 57

第四辑　打开心门

打开心门 / 60

听的艺术 / 62

做个真人 / 64

多余的最后一句话 / 66

勇敢是什么 / 70

尊重的力量 / 72

第五辑　梦想的远近

梦想的远近 / 76

信　念 / 78

窗外的天空 / 80

距离产生目标 / 82

弯腰的哲学 / 85

奇迹诞生的途径 / 87

第六辑　路的旁边也是路

路的旁边也是路 / 92

让名字找到机会 / 94

你可以与众不同 / 96

重要的是自己强大起来 / 98

跨栏定律 / 100

雏　菊 / 102

先控制自己 / 104

生命的恩賜

第一辑

在这个世界上，最好的东西，就是我们喜欢的东西。只要是你最喜欢的，那它就是世界上最好的。

世界上最好的东西

鸽 子

有一个青年得了一种怪病：他不快乐，终日闷闷不乐。一天，他去拜见一位智者以讨求良方。智者说，只有世界上你认为最好的东西才能使你快乐。这个人看了看身边，他没有发现自己认为世界上最好的东西，于是决定去寻找世界上最好的东西。

他收拾行装，辞别妻儿老小，踏上了漫漫旅途。

第一天，他遇见了一位政客。他问："先生，您知道世界上最好的东西是什么吗？"政客官腔十足地说："世界上最好的东西嘛，就是至高无上的权力。"他想了想，觉得权力对自己并没有多大的诱惑力，于是他继续寻找。

第二天，他遇到了一个乞丐。他问："你知道世界上最好的东西是什么吗?"乞丐眯着眼睛,懒洋洋地说:"最好的东西,就是色香味俱全的美味佳肴呀。"他想了想,自己对食物也没有太多的渴望,所以也不认为那是世界上最好的东西。

第三天,他遇见了一个女人。他问:"你知道世界上最好的东西是什么吗?"女人兴高采烈地脱口而出:"当然是法国巴黎的高档时装了!"他觉得自己对时装也不感兴趣。

第四天,他遇见了一位病重的人。他问:"你知道世界上最好的东西是什么吗?"病人恹恹地说:"那还用问吗?是健康的身体。"这个人想:健康怎么会是最好的东西呢?我每天都拥有,但是我不认为它就是世界上最好的东西。

第五天,他遇见了一个在阳光下玩耍的儿童。他问:"你知道世界上最好的东西是什么吗?"儿童天真地说:"是好多好多的玩具啊。"这个人摇了摇头,继续去寻找世界上最好的东西。

接着他又先后遇到了一个老妇人,一个商人,一个画家,一个囚犯,一个母亲和一个小伙子。

老妇人说:"年轻是世界上最好的东西。"

商人说:"利润是世界上最好的东西。"

画家说:"色彩是世界上最好的东西。"

囚犯说:"自由自在是世界上最好的东西。"

母亲说:"我的宝贝孩子是世界上最好的东西。"

小伙子说:"我爱过一个姑娘,她脸上那灿烂的笑容是世界上最好的东西。"

唉!没有一个回答令他满意。

他继续走啊走啊。最后,他穿过川流不息、熙熙攘攘的人群,带着五花八门的"答案"又回到了智者那里。

智者见他回来了，似乎知道了他的遭遇和失望，于是捋着花白的胡须说："先不要去追究你的问题，它永远不会有一个确切而唯一的答案。你现在考虑这样一个问题——把你最喜欢的东西和情景找出来，告诉我。"

这个人经过长途跋涉，已是饥寒交迫、蓬头垢面。他想了一会儿，对智者说："我出门很多天了，我想念我亲爱的妻子和可爱的孩子，想念一家人冬夜里围着火炉谈笑聊天的情景……"说到这里，他不由得感叹："那是我现在最喜欢的画面啊！"

智者拍了拍他的肩膀，说："回去吧！你最好的东西在家里，它们可以使你快乐起来。"

这个人不甘心，疑惑地问："可我就是从那里走出来的啊？"

智者笑了，说："你出来之前，不知道自己喜欢什么东西；你出来之后——比如现在，你已经知道了自己喜欢什么样的东西了。"

是啊，在这个世界上，最好的东西，就是我们喜欢的东西。不管是你拥有的，还是未曾拥有的；不管它是繁杂的，还是简单的；也不管它多么便宜，多么珍贵，多么实在，多么虚无，只要是你最喜欢的，那就是世界上最好的。

有意或无意地忽略你身边所拥有的一切，似乎是人类共同的弱点。

阳光无香

罗　西

一个朋友去东南亚旅游，回来后整个人都变了样，天天与一位马来西亚华裔导游小姐煲电话粥，对这种电话恋情倾注了全部的心思。他的妻子在一次哭诉时，不甘心地问我："我跟他15年甘苦与共的婚姻，难道就比不上他与一个陌生女子15天的相处？"

旅途中，一个陌生人递给你一根烟，你会感动很久。可父母二十多年的嘘寒问暖，往往又会被我们解读为"唠叨"。想想，这一切真的很不公平。

在某单位，甲经常不来上班，乙则天天以办公室为家，但领导就喜欢甲，每次他来上班，他的办公室里总是洋溢着欢声笑语，大家都围着他问这问那，仿佛他是大家失散多年的战友，如今故地重逢！更可笑的是，甲工作稍积极一点，马上赢得表彰，而乙平常就一副兢兢业业的模样，大家习以为常，稍有不足之处，马上引来众人怀疑的目光："怎么啦？退步了？"唉！好人如果不变得更好，就是错；而"坏人"只要不继续坏下去，就谢天谢地值得讴歌了！

一位退休教师曾有点伤感地告诉我，他做了三年班主任，没有一次在教师节里收到学生的贺卡，可后来有个实习老师只待了一个月，却轻易赢得了学生的心，又是鲜花又是礼物的，离开时学生还十八里相送，个个哭得泪人似的。这位头发花白的老师对此很是感慨，他摇摇头苦笑着，我看到他眼里有一些无奈的泪光。

有意或无意地忽略你身边所拥有的一切，似乎是人类共同的弱点。一位同事案头上有一盆无名的花，一年来总是不间断地开着紫红的小花，因为不知其名，她就称其为"小贱人"，因为它总是毫不厌倦地为主人绽放。而另一盆兰花却迟迟不见花期，甚至还几次濒临枯死，同事就给它取名"格格"，每次谈及它时总是满脸怜爱。

我很同情那盆"小贱人"，后来剪了一枝插在我家的花盆里，它仍然无私地如火如荼地开着紫红小花。它不香，却有永远不退的热情。其实，每次我躬身接近它的时候，不是为了嗅香，更多的是一种感激，就好像对待无香的阳光一样，沐浴其中，就是我最高的礼赞。

这时，我才意识到，世界上最能打动人心的是返璞归真。

真实表白

李路阳

生活中，我们常常会冷不丁发现自己上了经验的当。

比如说，我们在大昭寺门前采访几位磕长头的老太太之前，认定这些老人满脑子装的都是佛经、信仰方面的事情，可是，当我们和她们进行了一番交谈后，突然发现她们根本不像我们想象的那样不食人间烟火。她们是实实在在活在这个世界上的人，有烦恼也有快乐，她们关心的问题就像我们俗人一样具体。她们跟我们发牢骚去医院：去医院打一针要花多少钱，可兜里钱太少，没钱看病。惊讶之余，我们才意识到自己犯了经验错误，忘记她们是容易患病的老人。

又比如，在哲蚌寺我们见到了一个十一二岁的小喇嘛，我们认定到这里做喇嘛的人，都会整日泡在经文里，不会关心世俗世界的事情，这个孩子也会如此，可当我们问这小喇嘛喜欢什么的时候，他告诉我们喜欢看电影。我们又问他最喜欢看什么电影，他说最喜欢看《孙悟空三打白骨精》。我们听了很吃惊，因为他的回答不是最喜欢读经，而是像所有孩子一样喜欢看电影。经验让我们忽略了一个事实，他是个孩子！

再比如，羊驮盐一直是藏北历史上延续下来的古老的运输习俗，牧民们从盐湖里捞盐，装在盐袋里，驮在羊背上，然后，赶着驮盐的羊群到日喀则农区交换青稞。长途跋涉，历尽艰险，死人的事是常有的。20 世纪 90 年代随着汽车运输以及县粮站的建立，这一古老习俗消失了。在藏北西部草原，当我们采访那些曾有过如此经历的牧民时，我们以为他们会因为不再长途跋涉、不再受苦而感到幸福，我们希望他们谈谈感受，但是他们的回答完全出乎我们的意料，他们不愉快，不乐意，对那时长途跋涉的生活竟非常留恋。

不知怎么回事儿，采访过程中每当听到这有悖于我们主观臆断的真实表白时，我都会感到震惊，都会从内心涌出一种说不出的感动。这时，我才意识到，世界上最能打动人的是返璞归真。

欢乐，爱情，名望，财富，都只是些暂时的伪装。它们永恒的真相是——痛苦，悲伤，羞辱，贫穷。

生命的五种恩赐

［美］ 马克·吐温

1

在生命的黎明时分，一位仁慈的仙女带着她的篮子跑来，说："这些都是礼物。挑一样吧，把其余的留下。小心些，做出明智的抉择。哦，要做出明智的抉择哪！因为，这些礼物当中只有一样是宝贵的。"

礼物有五种：名望，爱情，财富，欢乐，死亡。少年迫不及待地说："无须考虑了。"他挑了欢乐。

他踏进社会，寻欢作乐，沉湎其中。可是，每一次欢乐到头来都是短暂、沮丧、虚妄的，它们在行将消逝时都嘲笑他。最后，他说："这些年我都白过了。假如我能重新挑选，我一定会做出明智的抉择。"

2

仙女出现了，说："还剩四样礼物，再挑一次吧。哦，记住，光阴似箭。这些礼物当中只有一样是宝贵的。"

这个男人沉思良久，然后挑选了爱情。他没有觉察到仙女的眼里涌出了泪花。

好多好多年以后，这个男人坐在一间空屋里守着一口棺材。他喃喃自语道："她们一个个抛下我走了。如今，她——最亲密的，最后一个，躺在这儿了。一阵阵孤寂朝我袭来。为了那个滑头商人——爱情，卖给我的每小时欢娱，我付出了一个小时的悲伤。我从心底里诅咒它呀。"

3

"重新挑吧，"仙女道，"岁月无疑把你教聪明了。还剩三样礼物。记住，它们当中只有一样是有价值的，小心选择。"

这个男人沉吟良久，然后挑了名望。仙女叹了口气，扬长而去。

好些年过去后，仙女又回来了。她站在那个在暮色中独坐冥想的男人身后。她明白他的心思。男人说："我名扬全球，有口皆碑。对我来说，虽有一时之喜，但毕竟转瞬即逝！接踵而来的是忌妒，诽谤，中伤，嫉恨，迫害，然后便是嘲笑。一切的末了，则是怜悯。它是名望的葬礼。哦，出名的辛酸和悲伤啊！声名卓著时遭人唾骂，声名狼藉时受人轻蔑和怜悯。"

4

"再挑吧，"这是仙女的声音，"还剩两样礼物。别绝望。从一开始起，便只有一样东西是宝贵的。它还在这儿呢。"

"财富——即是权力！我真瞎了眼啊！"那个男人道，"现在，生命终于变得有价值了。我要挥金如土，大肆炫耀。那些惯于嘲笑和蔑视我的人将匍匐在我脚前的污泥中。我要用他们的忌妒来喂饱我饥饿的心灵。我要享受一切奢华，一切快乐，以及精神上的一切陶醉和肉体上的一切满足。这个肉体人们都视为珍宝。我要买，买！遵从，崇敬——一个庸碌的人间商场所能提供的人生种种虚荣享受。我已经失去了许多时间，在这之前，都做了糊涂的选择。那时我懵然无知，尽挑那些貌似最好的东西。"

短暂的三年过去了。一天，那个男人坐在一间简陋的顶楼里瑟瑟发抖。他憔悴，苍白，双眼凹陷，衣衫褴褛。他一边嚼着一块干面包，一边嘀咕道："为了那种种卑劣的事端和镀金的谎言，我要诅咒人间的一切礼物，以及一切徒有虚名的东西！它们不是礼物，只是些暂借的东西罢了。欢乐，爱情，名望，财富，都只是些暂时的伪装。它们永恒的真相是——痛苦，悲伤，羞辱，贫穷。仙女说得对。她的礼物之中只有一样是宝贵的，只有一样是有价值的。现在我知道，这些东西跟那无价之宝相比是多么可怜卑贱啊！好珍贵、甜蜜、仁厚的礼物呀！沉浸在无梦的永久酣睡之中，折磨肉体的痛苦和咬啮心灵的羞辱、悲伤，便一了百了。给我吧！我倦了。我要安息。"

5

　　仙女来了，又带来了四样礼物，独缺死亡。她说："我把它给了一个母亲的爱子——一个小孩子。他虽懵然无知，却信任我，求我代他挑选。你没要求我替你选择啊。"

　　"哦，我真惨啊！那么留给我的是什么呢？"

　　"你只配遭受垂垂暮年的反复无常的侮辱。"

王汉梁　译

她是高兴的，因为有人为了她，能够做出这样一生一世的欺骗。

给咖啡加点盐

怀　特

　　他和她的相识是在一个晚会上，那时的她年轻美丽，身边有很多的追求者，而他是一个很普通的人。因此，当晚会结束，他邀请她一块去喝咖啡的时候，她很吃惊，然而，出于礼貌，她还是答应了。

　　坐在咖啡馆里，两个人之间的气氛很是尴尬，没有什么话题，她只想尽快结束好回去。但是当小姐把咖啡端上来的时候，他突然说："麻烦你拿点盐过来，我喝咖啡习惯放点盐。"当时，她愣了，小姐也愣了，大家的目光都集中到了他身上，以至于他的脸都红了。

　　小姐把盐拿过来，他放了点进去，慢慢地喝着。她是个好奇心很重的女子，于是很好奇地问他："你为什么要加盐呢？"他沉默了一会儿，很慢地几乎是一字一顿地说："小时候，我家住在海边，我老是在海里泡着，海浪打过来，海水涌进嘴里，又苦又咸。现在，很久没回家了，咖啡里加点盐，就算是想家的一种表现吧，可以把距离拉近一点。"

她突然被打动了，因为，这是她第一次听到男人在她面前说想家。她认为，想家的男人必定是顾家的男人，而顾家的男人必定是爱家的男人。她忽然有一种倾诉欲望，跟他说起了她远在千里之外的故乡，冷冰冰的气氛渐渐变得融洽起来。两个人聊了很久，并且，她没有拒绝他送她回家。

再以后，两个人频繁地约会，她发现他实际上是一个很好的男人，大度、细心、体贴，具备她欣赏的所有优秀男人应该具有的特点。她暗自庆幸，幸亏当时的礼貌才没有和他擦肩而过。她和他去遍了城里的每家咖啡馆，每次都是她说："请拿些盐来好吗？我的朋友喜欢在咖啡里加点盐。"

再后来，就像童话书里所写的一样，"王子和公主结婚了，从此过着幸福的生活"。他们确实过得很幸福，而且一过就是四十多年，直到他前不久得病去世。

故事似乎要结束了，如果没有那封信的话。

那封信是他临终前写给她的："原谅我一直都欺骗了你。还记得第一次请你喝咖啡吗？当时气氛差极了，我很难受，也很紧张，不知怎么想的，竟然对小姐说拿些盐来，其实我不喜欢加盐的，当时既然说出来了，只好将错就错了，没想到竟然引起了你的好奇心。这一下，让我喝了半辈子加盐的咖啡。有好多次，我都想告诉你，可我怕你会生气，更怕你会因此离开我。现在我终于不怕了，因为我就要死了，死人总是很容易被原谅的，对不对？今生得到你是我最大的幸福，如果有来生，我还希望能娶到你，只是，我可不想再喝加盐的咖啡了!"

信的内容让她吃惊，同时有一种被骗的感觉。然而，他不知道，她多想告诉他，她是高兴的，因为有人为了她，能够做出这样一生一世的欺骗。

　　如果真正把爱这个巨大的能源释放出来，我们可以把整个城市托到空中。

走出风雪所困的自己

凯瑟琳

　　每个人在诞生的那天都收到了一件生日礼物，就是世界。那里面装满了作为人所需的一切，不仅有美好的东西，也有许多痛苦和眼泪。它既包着很多魔力、很多奇迹，也包着很多混乱。然而，这正是它的意义所在，这就是生活。当你打开这件礼物，将自己置身于这个世界中的时候，你将不会怀疑生活的价值和意义。

　　在生活中可以见到这样一种人，他们总是讲"我心中充满了爱，我对爱笃信不移"，可是当他们问女服务员"哪儿有水"的时候，态度却是那样蛮横，歇斯底里。

　　只有当你用行动表明了你的爱时，我才会相信你。

　　那么，到底什么样的人才算得上是充满爱心的呢？首先，我们必须热爱自己。事实上，如果你不爱自己，你将永远不会去爱他人。一个人不可能完美无缺，但这并不等于说他无足轻重。每一个人都有一些别人所不具备的东西。

犹太作家爱拉·威索尔曾这样精辟地写道：当我们告别人世去见上帝时，他不会问："你为什么没有成为救世主？你怎么没有发现解决某某难题的办法？"他会问："你为什么没有成为'你'？"

一天，我班上的一位姑娘说："现在我知道了，自己为什么总是闷闷不乐，精神上感到很痛苦，因为我希望每一个人都爱我，而这是不可能的。尽管我可以使自己成为世界上最鲜美的李子，可还是难免有对李子过敏的人！"话讲得多么深刻！接下去她又说："如果别人想要香蕉，我也可以使自己成为一个香蕉，但我将永远是个二等品，而事实上，我本来可以成为最出色的李子。如果我耐心地等待，那么喜欢李子的人就一定会出现。"

如果你面对你内心的"自我"，握握手说："喂，这些年你究竟到哪儿去了？现在我们又在一起了，让我们一块向前走吧。"那么，你将会发现你身上蕴藏的潜力是无限的。

然而，你如果就此止步，这个自我发现就只不过是一次令人赞赏的历程。只有当你认识到"我们"这个"大家"，并把爱献给他人的时候，你才会成为真正的"你"。

有一次，我乘飞机时坐在一个大学生旁边，他看上去似乎无所不知，可是在我们的交谈中，他每句话都带着"我"。最后我说："你知道在这几百公里的空中旅程中，你讲了多少次'我'吗？为什么不谈'我们'呢？"

　　和他形成鲜明对比的是我在芝加哥机场遇到的一个人。当时，大雪漫天，我们被困在那里已有两天了。有的人一天到晚地叫："我要离开这里，我要去辛辛那提!"然而，就在这群人中间有一位妇女，她挨个走到带孩子的母亲面前说："来，把孩子交给我吧，我要搞个幼儿园，给孩子们讲个有趣的故事，您可以借机会喝口水，上厕所或是买些东西吃。"

　　共处一个场合，同被风雪所困，可人们为什么会有两种截然不同的态度呢? 答案在于：是否有一个强烈的意识，一个为他人着想，努力使他人生活得更美好的意识。当你这样做了以后，你将会从中得到一种幸福和快乐。

　　你们在开始一天生活的时候应该提醒自己去爱他人，应该努力去发现世间美好的事物，那么，从外界的反应中，你将发现一个可爱的自我。假如在你即将离开人世的时候，身边没有一个人紧紧握着你的手，这说明你在一生中未曾伸出友爱之手去帮助他人。

　　学生们常来问我："你总是讲要为他人做些什么，这到底是什么意思?"有一次，一个叫吉尔的男孩问我："有什么可做的呢?"于是我把他带到离南加州大学不远的一个疗养院。面对那些躺在床上、两眼直视天花板的人们，吉尔说："我对老年医学一无所知，到这里来做什么?"我对他讲："别忙，你看见那边有位太太吗? 走过去说'你好'。"

　　于是，他坐下来和她谈了起来。吉尔惊讶地发现，她的知识是那样渊博，灵魂是那样高尚。她对生活、对爱、对于痛苦和不幸谈起来滔滔不绝，她甚至还谈到怎样努力以平静的心境去迎接死亡的来临。从此以后，吉尔向那位太太及疗养院的人伸出了友爱的手，他们之间不断发生着感人的事情。一天，我看见吉尔带着三十多个老人从校园走过——他们是去看足球赛的。难道还有什么比这更令人激动吗？

有什么可做的呢？看看你的周围！在你身旁就有一个孤独的人需要得到爱的温暖，还有个态度不好的女售货员需要引导和鼓励。这些不都是可以去做的吗？这些虽然不是惊天动地之举，可是做与不做大不一样。如果真正把爱这个巨大能源释放出来，我们可以把整个城市托到空中！

生活本身不是一个目标，只是你走向某个目标的过程。目标的实现要靠一步一步地走，如果这每一步都迈得扎实而有意义，这就意味着生活。而且，你将不会在告别人生时为自己从来没有真正生活过而叹息。

从现在做起吧！这种时刻不是永恒的，它一旦消失就再不复返。我们大多数人都在对过去的追悔中度过一生，今天，仍有千百万人在重蹈这个覆辙。

我坚信，如果给爱下一个定义的话，唯一能够概括其全部含义的字就是生活。你一旦失去了爱，也就失去了生活。请加倍珍惜自己的爱吧！

心的门终究会打开，因为那张嘴始终充满感情地把你们唤作爸爸、妈妈。

不该关上的门

王晓晴

有一张嘴和一颗心，它们同属于一个人，这就意味着，它们得合作一辈子。起初，它们配合得很默契，心想到了，嘴就表示出来。比如说吧，心觉得肚子饿得慌，嘴便哇哇啼哭着向妈妈讨奶吃；胳膊让小虫叮了一下，又疼又痒，心一烦躁，嘴又连忙咧开，向外界求援。这都发生在那个人的婴儿时期，心和嘴的任务十分简单明了，所以，它们干得挺不错。

后来，那个婴儿一天天长大了，心里装的事情也渐渐多起来。嘴呢，自然也长了不少本领，它在舌头上储存了越来越多逗人开心和招人疼爱的词汇，因此，获得了"甜甜的小嘴"的荣誉称号。心只需让嘴知道自己正在想什么，嘴就能很动人地表达出来。因此，人们不仅知道这个小男孩有张甜蜜灵巧的小嘴，同时也看到了他那颗纯洁机敏的心。这正是心和嘴合作生涯中最完美的阶段了。

日子过得真快，谁都这么说。小男孩已经五岁了，他的心能想很多很多复杂的问题，人人都夸他聪明伶俐。有一天，小男孩蹬着把椅子，站得和那只书柜一般高。书柜上摆了尊维纳斯石膏像，两只胳膊断了，而且没穿衣服，只在腰上围了块很大很长的布。小男孩一直觉得她很神秘，模样有点怪。他琢磨好久后，问过妈妈一次，她不穿衣服是不是因为没有胳膊的缘故。妈妈用食指在他的鼻尖上刮了一下，笑着轰他到外面去玩，还说小孩子别操那么多心。小男孩心里的谜没有解开，所以今天他才爬上椅子，自己来看个究竟。他用手摸了摸石膏像，觉得又硬又凉，心想这个女人是绝对不能和妈妈相比的。妈妈搂抱自己的时候，怀里总是那么暖暖的、香香的。小男孩不想待下去了，但当他蹲下身准备离开椅子时，他的手还握着石膏像没有松开。结果可想而知，原来只断了胳膊的女神，这次干脆成了碎片。小男孩吓傻了，他的心突突突突上下乱撞。妈妈奔进来，心催着嘴赶快认错，可还没等嘴张开，妈妈的巴掌已经落到了小男孩的屁股上。心没有丝毫准备，它刚感到委屈，嘴就哇哇地哭起来。妈妈不依不饶地又打了他几下，满脸怒容地骂："还淘气吗？你这个不懂事的坏孩子！"妈妈转身回厨房拿簸箕时，小男孩呆呆地望着地上石膏像的碎片，他不明白妈妈怎么会发这么大的火。心难过极了，它最清楚小男孩并不是有意这样做的。心想让嘴再向妈妈解释解释，但他犹豫了一下，他对妈妈的行为很失望。嘴一声没吭，用牙齿咬住嘴唇，不让心里的话冲出来，直到把嘴唇咬得比挨打的屁股还疼。

从那以后，心对妈妈有了戒意，它认为大人们似乎并不想了解孩子的想法。原来，心总是把心房的大门敞开着，现在却掩上了一半，躲在后面谨慎地注意外面的世界。嘴也没有了以往的甜蜜，有些涌到舌尖上的话，却因接到心的命令，又使劲咽进肚子里去了。

最初，大人们还有点奇怪，这孩子甜甜的小嘴怎么一下子沉默寡言了呢？后来呢，他们的事情太多、太杂、太忙，谁也没心思再理会甜甜的小嘴的变化了，当然更顾不上去倾听那颗心跳动的声音。爸爸妈妈在外面工作得十分努力，钱也挣得不少。他们很舍得把钱扔到柜台上，给小男孩买回许多吃的和玩的，他们想他一定会高兴，但小男孩却越来越不喜欢爸爸妈妈这样做。他们老是把买来的礼物往自己眼前一堆，扭身又忙去了。而小男孩渴望能和爸爸妈妈聊聊，他的心和嘴都想得到这样的机会，他正在长大，他的心里装的已经不再全部是快乐。

忽然有一天，当爸爸妈妈惊喜地看到小宝贝长成了一个英俊的年轻人时，他们自己却老了，回到家中过起了平静悠闲的退休生活。他们自然而然地首先想起了那个有一张甜甜小嘴的可爱男孩，他的心多么天真纯洁。

老夫妻激动万分地追踪着逝而不返的时光，但他们发现自己并不太清楚那孩子到底是怎么长大的。想到他的时候，眼前就涌起一层薄雾，男孩子在其中忽快忽慢地奔跑，而他们始终抓不住他。当年老的父母无可奈何地默然相对时，他们的眼睛里情不自禁地噙满了愧疚的泪水。

第二天一大早，老两口就去敲儿子的房门。门开了，他们迫不及待地说："孩子，你愿意和我们一块聊聊吗？"儿子惊诧地望着父母："你们怎么啦？我得去上班，事情忙得不可开交呢！"儿子走了，和他们过去一样脚步匆匆。

长大的男子走在路上，他的心在捕捉一种陌生的感情。不知在被拒绝了多少次之后，这颗心已经不习惯向爸爸妈妈开放，而嘴也时时紧紧绷着，偶然张开，也常常言不由衷。心对期待早已厌倦，它更喜欢关起门来，让自己去咀嚼酸甜苦辣，直到痛苦地抽搐。今天早上，两位老人终于充满悔悟地来敲儿子的房门，但若想敲开心的大门就不那么简单了。心情绪激动地问嘴："你想对他们说一声'我原谅你们'了吗？"牙齿咬着嘴唇不吭声，这情景很像遥远的昨天，那个好奇的小男孩面对石膏像碎片的时刻。

两位老夫妻又会怎么想呢？你们曾经让你们的儿子等待得太久太久……心的门终究会打开，因为那张嘴始终充满感情地把你们唤作爸爸、妈妈。

生活中的冰山

第二辑

生活中不论发生了何种变故，我们都不应该急躁，给自己留十秒钟的时间思考。

停顿十秒

流 沙

一位技艺高超的走钢丝的演员准备给观众带来一场没有保险带保护的表演，而且把钢丝的高度提高到 16 米。

海报贴出后，立即引来了大批观众。他们都想知道这位演员如何在没有保护的情况下，从容自若地在细细的钢丝上完成一系列的高难度动作。

这样的表演，他早就胸有成竹，有十二分的把握走好。

演出那天，观众黑压压坐满了整个表演现场。他一出场，就引来全场观众热烈的掌声。

他慢慢爬上了云梯，助手在钢丝尽头的吊篮中把平衡木交给他。他站在 16 米的高空中，微笑着对观众挥挥手。观众再次发出雷鸣般的掌声。

他开始走向钢丝，钢丝微微抖着，但他的身体像一块磁石一样吸在钢丝上，一米、二米……抬脚、转身、倒走……一切动作都如行云流水。

助手站在钢丝的一端紧张而又欣赏地看着他，暗暗为他加油。

突然，他停止了表演，停止了所有动作。刚才还兴奋的观众马上被他的动作吸引住了，认为他有更为惊险的动作，整个表演场地马上平静下来。

但助手觉得这极不正常，助手马上意识到他可能遇上了麻烦。他背向着助手，助手不知道发生了什么，只是感觉到钢丝越来越抖，他竭力平衡自己的身体，助手的额头渗出了细密的冷汗。

经验丰富的助手知道此刻不能向他问话，否则会让他分心，导致难以想象的后果。

助手全身微微抖着，紧张地看着空中的他，时间一秒一秒地过去，突然他开始向钢丝另一头走了一步，然后动作又恢复了正常。

助手长长地松了一口气。

他很快表演完了，从云梯上回到地面，人们发现他的眼睛血红，好像还有泪痕，演员们全都把他围了起来。

他到处在找他的助手，助手从远处跑来，他一把抱住了助手说："兄弟，谢谢你。"

助手见他平平安安十分高兴，说："天哪，我不知道你在空中发生了什么？"他说："亲爱的兄弟，这是魔鬼的恶作剧，一阵微风吹下了屋顶的灰尘，掉入了我的眼睛，我在16米高空中

'失明'了。我的第一个念头就是我今天命该如此，但我心又不甘，我对自己说，我应该坚持，我在心中一秒一秒地数着，就在刹那间，我感觉到泪水来了，这是我救命的圣水，它很快把灰尘冲了出来。但是，如果你那时唤我一声，我肯定会分心或者依赖你来救助，但这样做谁都知道后果是什么。"

他说完，所有人都为他和他的助手鼓起掌来。

生活中不论发生了何种变故，我们都不应该急躁，给自己留十秒钟的时间思考，先让剧烈跳动的心脏平静下来，然后让阅历和经验来做主，等待由经验把握的另一种命运的结局。

生活对有梦想的人是温暖的，对没有梦想或梦想卑微的人是冷酷的。

设计人生的时刻表

骆　爽

人生的目标不妨定得高远些，如果经过全力打拼，没有实现，那么至少也要比目标定得太低的人实现得多。

林肯曾经认为："喷泉的高度不会超过它的源头，一个人的事业也是这样，他的成就绝不会超过他的信念。"

人生之旅好比乘着一趟列车。心雄志大的人，加上才华、勤奋、机遇，就像乘上了一趟高速火车，在有限的生命时间里，一定会走得最远，他所欣赏到的人生景色也一定是最壮观雄奇甚至是险峻的。志大才疏的人在生命的某个时间段也会像坐上快车一样，只是有可能突然会慢下来或停住；勤以补拙的人可能一开始坐上的是慢车，但是他的这趟列车开得稳，开得久，也终会到达远方。

　　人穷志短、马瘦毛长型的人物也能挤上一班列车，但是车速慢得惊人，更要命的是，车行到中途，突然来了个穿黑色制服的乘务员（也许是命运之神化装的），抓起此人和行李，就扔出了车外，而此时车外是茫茫黑夜，荒山野岭。

　　"对不起，在人生的道路上，你下岗了！"而此时，你已经人过中年。本来想安逸地坐到终点的想法被无情浇灭，再想在站台上换另一班车，你发现：第一，你不在出发点的站台上；第二，铁轨上没有其他车通过，如果有，它们也不停，你根本搭乘不上（不像你的青春岁月中有很多车驶过）。

　　这才是人生中最叫苦连天的季节。而另一些人，为什么春风得意，做什么都似乎得心应手，即使到了中年，还有很多机会？关键在于年轻时想了什么、干了什么。

　　当拿破仑还是一个少尉的时候，工作之余，他的同伴们寻欢作乐，去游玩儿或找女人。他却在埋头读书，如饥似渴地读着那些对他的将来有用的东西：大炮的原理和历史、战争、哲学、文化、法律、天文、地理、气象学等。拿破仑知道自己将要乘上人生的哪班车，车速有多快，为此要做什么准备。

　　现在请我们闭目思考：我们将要乘上人生哪班快车？到达何方？也就是说，我们将要把自己设计成什么样的人？在设计的时候，一定要心雄志大一点，同时一定要兼顾到财富和自由的原则。因为没有自由的人生是不值得追求的，而没有财富就限制了自由。无论希望成为哪个领域中的成功人士，请考虑这两点。

　　我在高校演讲时很吃惊地发现，许多学生对自己的未来没有财务规划。有职业规划没有财务规划是危险的。比如我问有些学生，你想没想过你十年后是怎样的人？有的学生回答："我要变富。"我继续问："有没有财富的具体数额？"回答是："没有。"

我强烈建议那些追求成功的人们，一定要设计出自己的财务安全线和财务自由线来，比如五年后、十年后，你的账目上将有多少，目标明确更利于达到目标。

把一个个经历、一个个成就看作一个个站点，你的岁数就是计时单位。六七年前，我的一位老师和朋友对我设计人生时刻表的做法不认同，她说："那样生活累不累呀？"我当时笑了笑，没有反驳。因为我知道，不设计人生时刻表，就缺乏明确的目标，会活得茫然，那样更累。

以创业为例，著名企业家邱永汉说："25 岁到 35 岁为创业最佳时期，40 岁已经相当迟，40 岁以后则是例外中的例外。"

你的列车可以暂时晚点，但不能总是晚点。晚点两三次之后，一生永远到达不了预定终点。这恰是人生时刻表的重要性。拿破仑·希尔说："记住，定高远的人生目标，要求富足与成功，并不比接受不幸和贫穷艰难。"

一位伟大的诗人就通过以下的诗句，准确地表达出了这个普遍的真理：

　　　　我向生命再次讲价，
　　　　生命却已不再加酬，
　　　　夜里无论如何乞求，
　　　　当我计数薄财依旧。
　　　　生命乃一公正雇主，
　　　　任何祈求他愿给付，

然而一旦酬劳讲定，

汝之劳役汝须担负。

向来辛劳只为薄薪，

猛然恍悟，早知如此，

要求生命定出高价，

生命原来皆愿允诺。

生活对有梦想的人是温暖的，对没有梦想或梦想卑微的人是冷酷的。在追求自己的人生时刻表中体会到成功的喜悦，并不比在失败中咀嚼痛苦更累。正如俄国一位政治家所说：谁是生活的迟到者，生活就会惩罚谁。

要达到个人的目标，确信希望在前是一回事，致力于行动则是另一回事。

把帽子扔过墙去

高景轩

无论做什么事情，自信不可或缺，但最关键的还是行动。要达到个人的目标，确信希望在前是一回事，致力于行动则是另一回事。吉米上中学的时候，对生活就有一种独特的感受，进而萌生了从事创作的冲动。

每当夜幕降临的时候，望着满天星斗，吉米都会浮想联翩，流畅地打好腹稿，然而到了第二天，一拿起笔来，思绪总是乱作一团，有时甚至连标题都想不出来。一个五彩缤纷的愿望，虚构了很长时间，每每都搁浅在起步上，搞得吉米惶惶不可终日。

春去春又回，又见芳草绿，又见燕归来。这一年，吉米到巴塞罗那办事，邂逅一位经商的朋友。让吉米感慨良多的是，这位从前的小商贩，如今已是一家大公司的老板了。两个人走进一家酒馆，点了一桌美味佳肴，对饮起来。

面赤耳热之际，朋友向吉米吐露实情说："不瞒你说，我也遭遇过许多次的失败。幸运的是，每一次我都强迫自己赶快打起精神奋斗下去。"说到这里，朋友举起酒杯，排遣着无限的感慨，将那杯酒一饮而尽。

强迫自己。有时人生就是这样，想得很美，做起来则没有那么容易，每每使梦想走不出梦境。吉米恍然大悟，美好的意愿之所以成空，不是自己缺乏信心，而在于缺乏义无反顾干下去的坚定意志。从这一天开始，他强迫自己行动起来，以积极的态度面对失败，很快就进入挥洒自如的状态，让成功的喜悦涤荡了所有的困惑。

施耐德的父亲曾经拥有一艘名为迪西的摩托艇，后来他把制造模型的工具箱送给了儿子。在考虑为教堂捐赠拍卖物品时，施耐德打开了它，不由得想起自己的父亲，还有父亲在那艘优雅的摩托艇上拍摄的老照片。

起初，施耐德对摩托艇的故事一无所知，直到有一次他躲避了一项该做的事，父亲才借题发挥说："把你的帽子扔到墙那面。"施耐德困惑不解地问道："这是什么意思？"父亲说："面对一堵难以逾越的高墙，如果你迟疑不决，那就把帽子扔过去。这样你就会想方设法翻到另一面去，我就是这样来到芝加哥的。"

施耐德一直弄不明白，父亲在威斯康星州的雷因长大，何以离家别友来到芝加哥？对此，父亲解释说："那年我也就20岁，除了那艘摩托艇，就什么都没有了。记得在一个夏天的早上，我携带着一包衣服，驱船来到芝加哥的贝尔蒙特港。由于一时找不到工作，我一度要放弃自己的梦想，驾驶着迪西返回雷因，然而我没有那样做，而是把帽子扔到墙那边。考虑到要想干一番事业，就必须有一笔资金，我果断地将迪西卖掉，断绝了自己的退路。"

后来父亲到爱迪森联合公司工作，在一次舞会上认识了母亲，经过艰苦的奋斗，在芝加哥成就了事业，也使全家人过上了富裕的生活。若不是当时自断退路，这一切都无从谈起。

在施耐德搬进新房前，原先那位房主在卧室里垒了一堵墙，这样隔出了一个小房间，却遮住了里面的光线。长年以来，他和妻子一直打算拆掉这堵墙，终因嫌费事而没有动手。这天哥哥荷勃来到施耐德家做客，获悉弟弟的这一困扰，毫不犹豫地说："这还不容易。"言罢，他随手就拆掉了一块墙板。

既然墙壁已经毁坏，又早就想拆掉，也就别无选择了。在荷勃的帮助下，施耐德和儿子当即动手干了起来。经过不到一夜的忙碌，一堵墙就拆没了，企盼已久的明媚阳光终于洒满卧室。人一旦把帽子扔到墙那边，就会打消一切疑虑，全力以赴地攀墙而过。所以，当一项任务看上去艰巨得难以完成时，你不妨把帽子扔过墙去试试看。

每一棵雪松都怀有一个愿望，然而现实从不询问何为梦想。

三棵雪松

［巴西］保罗·科埃略

有一个著名的古老神话，说是在昔日美丽的黎巴嫩森林里长出了三棵雪松。众所周知，雪松长大需要很长的时间，所以它们度过了整整几个世纪，对生命、死亡、自然和人类一直进行着思考。

它们目睹了所罗门派遣的一支以色列远征军来到此处，后又看到了与亚述人交战期间血染的大地。它们认识了耶洗别和先知以利亚，那是两个不共戴天的死敌。它们观察到字母的发明，并被过往的满载花布的商队弄得眼花缭乱。

风和日丽的某一天，它们就前程问题进行了一场对话。

"目睹所有一切之后，"第一棵雪松说，"我想变成世上最为强大的国王的宝座。"

"我愿意成为永远把恶变为善的某种东西的组成部分。"第二棵雪松说。

"我希望每当人们看到我的时候，都能想到上帝。"第三棵雪松说。

又过了一段时间，伐木人来了，三棵雪松被砍倒，一艘船把它们运往远方。

每一棵雪松都怀有一个愿望，然而现实从不询问何为梦想。第一棵雪松被用作修建了一个牲口棚，剩余部分则用来做成马槽。第二棵雪松变成了一张十分简陋的桌子，随即被卖给了一位家具商。第三棵雪松的木材因为没有找到买主，便被截断放进一座大城市的仓库里。三棵雪松深感不幸，它们抱怨说："我们的木质虽好，却没有人把它用于某种美好的东西上。"

过了一段日子，在一个繁星满天的夜晚，有一对夫妻未能找到栖身之所，便决定在第一棵雪松建成的牲口棚里过夜。行将临产的女人疼得直叫，最后她在那里分娩，将儿子放在了用木料做成的马槽里。

此时此刻，第一棵雪松明白了它的梦想已经实现：这个婴儿便是世上的王中之王。

又过了若干年，在一个简陋的房间里，十几个男人围坐在第二棵雪松制成的那张桌子的四周。在众人开始就餐之前，其中的一个人就摆放在他面前的饼和酒说了一些话。

于是第二棵雪松明白了，此时此刻，它所支撑的不仅仅是一只酒杯和一块饼，而且还是世人与上帝的联盟。

几天后，有人取出用第三棵雪松截成的两根木料，将它们钉成十字形状，随即将其扔到了一个角落里。几个小时之后，人们带来了一个被野蛮殴打致伤的男人，把他钉在了第三棵雪松制成的十字架上。雪松感到毛骨悚然，对生活给它留下的野蛮遗产甚感伤心。

然而，三天时间过去之后，第三棵雪松明白了自己的天命：曾被钉在这里的男人如今已成为照亮一切的光芒。用它的木料制成的十字架已不再是苦难的象征，而变成了胜利的信号。

所有的梦想总是如此，黎巴嫩的三棵雪松履行了它们所希望的天命，但是方式与它们所想象的不同。

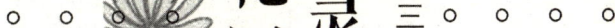

第三辑

心灵的
后花园

不甘平庸的人必须会努力给自己的精神开辟第二空间，那将是他的后花园。

开辟心灵的后花园

王开林

先引用一则小笑话，版权归大文豪苏东坡所有。当年，东坡先生因为写讽刺诗得罪了当权派，被贬谪到穷荒之地的黄州（今湖北黄冈），挂职为团练副使，其政治处境和生活水平一落千丈，得自己种地才有几口饭吃。真可谓人不堪其忧，轼也不改其乐，茶余饭后，他编出许多小笑话，讲给家人和朋友听，讲的人姑妄言之，听的人姑妄听之，权当是一笑解千愁。这则小笑话的译文是：

"有两个穷光蛋在一起交谈各自的理想，一个说：'我一向未获满足的只有吃饭和睡觉两件事，将来发财了，要吃饱了饭便睡觉，睡足了觉便吃饭。'另一个说：'我的想法跟你不一样，要吃饱了再接着吃，哪有闲工夫去睡觉呢？'"

　　这两个穷光蛋在一起憧憬美好的未来，直讲得唾沫飞溅，其最高理想却远在基准线之下，所以令人喷茶、喷饭。

　　笑过之后，你我反躬自省，比起这两个可怜虫来，又有什么特别高明之处？当然啦，你我都不是那种吃了又睡、睡了又吃的笨猪，也不是那种吃了又吃的饕餮之徒。我们会将理想的基准线至少拔高一千米，从生存层面拔高到生活层面上来，但离生命的层面仍差一千米。活着（生存）——活得体面（生活）——活出意义和乐趣（生命），理应层层推进。

　　"我将不甘平庸！"你也许会指天发誓。

　　事实上，根本不在乎你是否这么说，而在乎你具体怎么做。说简单，真的很简单：多读几本好书；多听几首名曲；多看几场精彩的演出；多游历几处风光旖旎的山川；多结交几位见识不凡的剧友；或是集邮，收藏小玩意儿；或是练习琴、棋、书、画；或是热爱体育运动。总之，你要对世界始终怀有浓厚的兴趣，给精神开辟出第二空间（事业为第一空间）。第二空间越大，你的羽翼越丰盈，你便越能品尝到世俗之外的快乐。说到底，没有精神寄托便是平庸，平庸便是俗，俗是一种心灵的疥疮热。这病，不必求人去治，自己便能找到疗救的办法。我认识一位"俗骨铮铮"的小青年，他的聪明导致了他的懒惰，他有足够的"本领"把日子过得波澜不惊。他的工作还凑合（用他本人的话说，是两匹马加两头虎——马马虎虎），但业余生活毫无亮色，只是打打麻将，或去低档舞厅歌厅里蹚蹚浑水，俗得都快提拎不起来了。有一天，他觉得这种无聊的日子该有个尽头，便跑来向我求计。

　　我问他："你先前最感兴趣的是什么？"

"我小时候喜欢过书法。"他挠着头皮想出这么个答案。

"那你就去帮王羲之扫扫地，帮颜真卿浇浇花吧。"

他从我家里搬走一大捆废旧报纸，借去一大摞碑帖，真就摆开架势，老老实实地向王羲之和颜真卿学习一招一式。隔了一段时间，我在附近的公园里遇见他，他的神气竟迥然不同了，不仅灰白的面色转为红润，而且黯淡的眸子里也有了光亮。一支毛笔便撑起了他的整个精神脊梁，这太神奇了。

平日谈话，我最不喜欢听别人用慵懒的语调，时不时地嗑出一句"没劲""无聊""闷得慌"之类的口头禅，这表明他精神空虚，生活失去了目标和动力，同时也表明他正向差强人意的现状缴械投降。当生活淡成一杯白开水的时候，你是努力去找寻与之相匹配的茶、糖、咖啡，给它增色增味，还是用"知足常乐"的老奶奶哲理和"平平淡淡才是真"的少奶奶名言自欺欺人？这就得看你是不是愿意让自己身上的俗气和暮气日益加重，也就是说，得看你是否甘于平庸，肯不肯让羽翼完全丧失飞翔的愿望。

不甘平庸的人必须会努力给自己的精神开辟第二空间，那将是他的后花园，在那里，他可以尽兴呼吐心灵中的浊气和俗气，重铸更亮泽更馨香的自我。

你的心越勇敢，问题就越小，两者的关系竟然是如此的微妙。

正视生命的风暴

皮尔博士曾在他的著作中讲了一个生动的例子。他说：有一个牧牛人告诉他，每次冬天突然而至的暴风雪都会造成牛的死亡。当冰冷的暴风雪横扫牧场，咆哮不已的风将雪堆成巨块，温度迅速降到零下，牛群通常都会背对风暴，缓缓移到下风处。最后被围篱阻挡时，它们就会挤在一起，导致牛的大量死亡。

但是有一种赫里福牛，则是肩并肩地一起迎着风暴，低下头来，面对暴风雪的肆虐，结果反而死亡率最低，损失最小。在牧场学到的一个宝贵经验就是："勇敢正视生命的大风暴。"

有几个年轻人共同创业，决定经营水产出口买卖。当一箱箱的活鱼运到日本时，活鱼几乎都死光了，损失十分惨重。大家想尽各种办法，打氧气或改善温度，鱼仍然无法存活。后经高人指点，在水箱中放入鲶鱼，运到日本时，鱼儿居然只有几条死亡，其余全都存活了。

照理说，鲶鱼是这些鱼的天敌，情况不是应该更惨吗？其实，这正是自然生态的奥妙之处。当鱼群面对天敌时，警戒心倍增，求生欲望反被激发出来，当它们全力抵抗鲶鱼的威胁和侵扰时，加强了对运送过程的适应力，存活率反而大大提高。

培育豆芽菜看似是件简单的事，在家里也可以做，但是为何市面上销售的豆芽菜总比自家种的坚挺壮硕、爽脆可口？

道理其实很简单，有经验的农夫都知道，在豆芽菜上放一块木板，让豆芽菜受到成长的阻力，历经这样成长过程的豆芽菜，就个个长相不凡。

生活中有些事情无法用逃避的方法解决，有一天你会发现你根本无处躲避人生的风暴，除非你转过来勇敢地面对它。

有人碰到感情、财务或病痛的问题，想以一走了之的手段处理，甚至逃避生命，欲一死了之，结果却徒增烦恼、徒留伤痛。

当你正视问题或艰难时，你将惊讶地发现，那些问题正在不断地缩小，渐渐地已不能对你造成任何伤害。你的心越勇敢，问题就越小，两者的关系竟然是如此的微妙。看着你的问题，坚定地面对它，不要怕这些压力和难题。请你记住：当你以坚毅的态度去正视问题时，奇妙的力量会成为泉源，从你的心中涌流出来，智能和灵感也将随之而来。

有一天，你将会对这些生命的大风暴充满感恩，因为在这些艰辛的过程中，你反而找到了更好的出路，创造了更广的生机，并且迎来了更大的收获。

与其改变全世界，不如先改变自己——"将自己的双脚包起来"。

足下与世界

很久很久以前，人类都还赤着双脚走路。有一位国王到某个偏远的乡间旅行，因为路面崎岖不平，有很多碎石头，刺得他的脚板又痛又麻。

回到王宫后，他下了一道命令，要将国内的所有道路都铺上一层牛皮。他认为这样做，不只是为自己，还可造福他的人民，让大家走路时不再受刺痛之苦。

但即使杀尽国内所有的牛，也筹措不到足够的皮革，而所花费的金钱、动用的人力，更难以计数。不仅根本做不到，甚至还相当愚蠢，但因为是国王的命令，大家也只能摇头叹息。

一位聪明的仆人大胆向国王提出建议："国王啊，为什么您要劳师动众，牺牲那么多头牛，花费那么多金钱呢？您何不只用两小片牛皮包住您的脚呢？"

国王听了很惊讶，但也立即领悟，于是立刻收回成命，改用这个建议。

据说，这就是"皮鞋"的由来。

想改变世界，很难；要改变自己，则较为容易，与其改变全世界，不如先改变自己——"将自己的双脚包起来"。自己改变后，眼中的世界自然也就跟着改变了。心若改变，态度就会改变；态度改变，习惯就会改变；习惯改变，人生就会改变。

人生的道路上有很多开关，轻轻一按，便把人带进黑暗或光明两种境界。

人生开关

郎淑珍

我小时候家里很穷，那年考上了大学，却没有钱去上学。

唯一能来钱的路是上山砍柴。附近有一座矿山，矿上每天要烧很多柴，农民工们从山上砍柴，挑到公路边，由矿上派人来收购，用车拉走。我也加入了砍柴农民工的队伍。

我力气小，砍柴很慢，以这样的速度，只怕是夜里不睡觉也挣不够上学的钱。后来，矿上来收柴的张叔要找一个人替他过磅记数，由矿上开工资。这是一份好差事，他知道我缺钱上学，特地把这差事安排给了我。

过了几天，和我一起来砍柴的大毛悄悄跟我说："给我多记一点，我拿了钱分给你一半。"

张叔是按我记的数字给农民工发钱的，只要笔下轻轻一画，不出力不流汗就能来钱，天底下原来还有这样便宜的事！不过，张叔会不会发现呢？大毛说："不会。柴是一车车拉走的，少个三五百斤谁也不会知道。"好，就算不知道，但我这么做，对得住张叔吗？大毛说："你真是的，柴是公家的，又不是张家的，有什么对得住对不住的？"

我差不多被他说得心动了，但总觉得有些不踏实不对劲。我把这事说给我娘听，娘听了坚决反对。她说："吃了不该吃的会拉肚子的。"我听了娘的话，后来就没有理会大毛。

那年我挣够了上学的钱，踏进了大学的门槛，毕业后分配到了一个我喜欢的地方，有了一份我喜欢的工作。从此，我的人生道路很顺畅。

早些时候，我回家探亲，见到张叔。提起那段旧事，我问他："假如我那时虚报冒领，会怎么样？"张叔说："你要是想昧心多拿一点，最后会连一点也拿不到。"他告诉我，柴拉回矿里，他中间抽检过几次，没有发现差错。我吃了一惊：幸好当初没有听信大毛的蛊惑，不然的话，我此后的人生道路会是一种什么样子呢？

一位先哲说过，人生的道路上有很多开关，轻轻一按，便把人带进黑暗或光明两种境界。这话我信，因为当年在那座大山脚下的公路边，我接触过一个这样的开关。

这一切的改变来自它面对困难时所持的态度。

困驴的启示

史建宏

　　在这多情的季节里，黄昏时品着香茗又忆起毕业那天老校长给我们所讲的故事：一位乡下农夫有头老驴子。一天，老驴子不小心跌进了一个深坑。农夫听到驴子的哀鸣，目睹它的困境，想了很久之后，断定救不了它，但又不忍心看着它痛苦而死，于是，农夫决定往坑里填土，把老驴闷死，以便使它早些脱离苦海。

　　当农夫开始往坑里填土时，驴子被吓疯了，但几乎是同时，老驴子镇静了下来，每次土打到背上，它都用力抖掉，然后踏着土块，往上走一步。老驴不停地抖一下，爬上来一步。不管土块打在背上有多疼痛，那只老驴子就是不让自己放弃。不知过了多久，那头筋疲力尽、伤痕累累的老驴子终于安全地回到了地上。原来会埋藏它的泥土堆，最终却拯救了它！

　　这一切的改变，来自它面对困难时所持的态度。人生不也是一样吗？当我们遭遇困境时，消极的人总是用悲观的眼光去看待这世界。他们不敢去面对困境，容易退缩和逃避，喜欢怨天尤人，不去为成功找方法，总是替失败找借口。积极的人就不一样，他们总是想方设法寻找解决困难的途径。他们会为理想而活着，敢于向命运挑战，乐观向上。勇敢的人说："困难，太好了！别人没有遇到的事，却发生在我身上，让我拥有一片成长的空间。"

其实，任何一个不相信自己，从而未能充分发挥自身才能的人，都可以说是偷窃自己的人。

偷窃自己的人

张洪浩

贝利是20世纪20年代人人皆知的珠宝大盗，他偷盗的对象，都是有钱有地位的上流人士。他还是位艺术品鉴赏家，所以有"绅士大盗"之称。贝利因偷盗被捕，被判刑18年。出狱后，全国各地的记者纷纷前来采访他，其中有位记者问了一个有趣的问题："贝利先生，你曾偷了许多很有钱的人家，我想知道，蒙受损失最大的人是谁?"

贝利不假思索地说:"是我。"

记者们哗然。贝利接着解释说:"以我的才能，我应该能成为一个成功的商人、华尔街的大亨，或是对社会很有贡献的一分子，但我选择了做小偷，成了一个向自己偷盗东西最多的人——各位都知道，我生活中四分之一的时间，是在监狱里消耗掉的。"

同样的事例并不鲜见。宁格是一位造诣很深的画家，他曾经花费了很多精力，以鬼斧神工的技艺，一笔一画地手工绘制了一张 20 美元的钞票。和贝利一样，他也因触犯法律而被捕了。具有讽刺意味的是，宁格画一张 20 美元钞票所耗费的时间，跟他画一张可以卖到 500 美元的肖像画所需的时间几乎是相同的。不管怎么说，这位天才的画家，却是一个小偷。可悲的是，被偷得最惨的人不是别人，正是他自己。

贝利和宁格，他们都是天分很高的聪明人，在某一领域，他们完全可以凭借自己的本领赢得成功，占有自己的一席之地。如果合法地出售自己的才华和本领，他们不仅会变成很有钱的人，还会为他人和自己带来很多喜悦和利益，而当他们试图去偷盗别人时，最大的失主却是自己。

向自己行窃者，其实大有人在。为什么人们会干这种蠢事呢？这是因为他们没有真正认识自己，不知道自己的价值何在。他们不相信，正面地、充分地发挥自己的才华，便是走在通向成功的光明大道上。他们更不知道，通过不正当的手段谋取钱财，实际上是走进一条死胡同里。

其实，任何一个不相信自己，从而未能充分发挥自身才能的人，都可以说是偷窃自己的人。人的一生是短暂的，你没有把自己的能量充分发挥出来，你在干着不该干的事情，这就是在蹉跎光阴，就是在虚度生命，就是在偷盗自己最珍贵的东西。偷盗自己，你的损失是巨大的。你被小偷偷了东西，不论是什么都不可怕，都可能用钱再买回来。可怕的只是你偷你自己：因为这样的偷盗，在你自己看来，似乎是可以找到"借口"的，因为它常常在你麻痹的时候发生，并且还会延续下去。

偷盗自己，从小处说，是贻误了自己；从大处说，则会导致社会生产力降低，也等于向社会偷窃。所以我们每一个人都需要省察一番：我是不是一个偷窃自己的人?!

人常常被自己的习惯和天性害死，却根本就不知道错在哪里。

三种鱼的启示

俞敏洪

我从小在长江边上长大，对长江的感情有如滔滔江水，绵绵不绝。住在长江三角洲的人，对于长江里所产的三种鱼都很熟悉，它们是鲥鱼、刀鱼和河豚。这三种鱼以味美鲜嫩而著称，是难得的美味佳肴。三种鱼形状不同，吃法也不一样。鲥鱼形状像鲤鱼，身子比鲤鱼要扁一些。做鲥鱼时不能把鱼鳞刮掉，因为其美味全靠鱼鳞传递。刀鱼的形状就像一把匕首，鱼肉极其细腻，但吃时一定要特别小心，因为小小的一条刀鱼就有上千根刺，很容易被卡着。河豚有着滚圆的身子，身上长的不是鱼鳞，而是带小刺的皮。吃河豚时通常连皮吃下，据说对胃有好处，但河豚极具毒性，一不小心就会吃死人，而且一旦中毒无挽救余地。几乎每年都有吃河豚吃掉性命的事情发生，所以有句话叫作"冒死吃河豚"。

我老爸对我讲过这三种鱼的故事，给我留下了深刻的印象。渔民捕这三种鱼用的都是同一张网，形状很像排球网，渔民把网拦在江中，让鱼钻到网眼中去。鲥鱼头小身子大，头钻过去后身子就过不去了，这时鲥鱼只要向后一退，就能逃脱而去。但由于鲥鱼爱惜鱼鳞，死不后退，就被渔民捕获了。刀鱼看到鲥鱼被捕后，心想这家伙真笨，向后退一下不就行了吗？于是刀鱼穿过网眼后就迅速后退，结果两边的鱼鳍卡在了网上，其实这时刀鱼只要继续向前就能穿网而去了，但他吸取鲥鱼被抓住的教训，拼命后退，终于也被渔民捕获。河豚看到他们被抓，心想你们真笨，碰到网只要不前进也不后退，不就不被抓住了吗？于是河豚碰到网后就拼命给自己打气，把自己打得圆鼓鼓的，结果漂到江面上被渔民轻而易举地捕获了。

小时候听这个故事只觉得很好玩，现在再回忆起这个故事，觉得是如此深奥和让人回味。人就像上面的三种鱼一样，常常被自己的习惯和天性害死，却根本就不知道错在哪里；常常能够清楚地看到别人的错误，却永远也找不出自己的弱点；常常因为看到别人出了问题，想避免重蹈覆辙，结果却陷入了另外一个更致命的错误之中。人类似乎永远逃不出自己的陷阱和宿命。我爸已经去世了十多年，我现在才开始明白我爸讲完故事后那迷茫和痛苦的眼神。

但我们总要生活下去，要逃避陷阱和宿命，并且要尽可能比前人生活得更好。我们有办法吗？没有十全十美的方法。但总有一些人比别人活得更快乐、幸福和豁达。他们是怎样更加快乐、幸福和豁达的呢？我想起了苏格拉底的一句话：认识你自己！让我们认识自己的劣根性，认识自己的局限性，认识其他动物和植物生命的神圣性，认识人类爱心和仁慈的重要性。我们一定要认识到，人类作为自觉动物，只有自己编织的网能把自己捕获。因此让我们做任何事情都小心一点，收敛一点，不要自己为自己编织一张无形的致命的大网。

很多时候是这样的，改变，会令人很痛；但如果不改变，也许不会有大痛，但会痛一辈子。

改变是给自己一个机会

伊冯娜

　　我被一个女友的来信深深打动着。她写道："有的时候，感觉活得不够好，不妨活得丰富多彩些。像我，从一个城市移居到另一个城市，然后结婚、生子、去西藏、换工作，就是为了寻找到更多的生活意义。"

　　我感动，因为她能够为她所向往的东西孜孜不倦地去寻找。这让我想到我的另一个女友——同样的年纪，她活得那么不开心——住在不喜欢的城市，做着从来没令她产生过激情的工作，与男朋友的相处好像也是无可奈何……每次见到我们，总听她抱怨："唉，厌烦透了这样的生活。"

　　那么就改变吧！我们都这样建议过她。她说她有顾虑，她害怕改变会带给她还不如现在的生活，她害怕不安全，她怕自己承担不起未来。

她的顾虑也许有道理，因为人生难测。但是，如果一个人总是把向往的生活停留在幻想中，那她永远不会知道梦想成真的滋味，甚至不知道她自己真正想要的是什么。

比如说爱情。有个朋友给我讲，她以前有一个男友，她曾经以为那是她的今后和唯一，但他们分手了；后来，她又有了一个男友，她又以为他是她的终点，后来她又失恋；现在，她结婚了，生活得很幸福。她说，当时的分手尽管很痛苦，但是终于找到了她想要的伴侣。如果当时没有那些变化，和已经不爱的人在一起，可能现在都不知道什么是爱了。

我同意她的说法。也就是说，你要的是长痛还是短痛？很多时候是这样的，改变，会令人很痛；但如果不改变，也许不会有大痛，但会痛一辈子。

人生总是不能在意料之中。有盼望才有改变，而改变是给自己一个机会去发现。当你的内心有越来越多的不满足时，不妨试试放弃现在的生活，去寻找更贴近你内心想要的新生活。

冒险？当然会有一些，但是为了你自己的盼望，我认为是值得的。而且，我越来越觉得生命只是一个过程，幸福只是一段过程，苦难也只是一段过程。那些在改变过程中的痛苦和挣扎都会很快过去。也可以这么想，不过是把改变前的不满意换成改变后的挑战。不改变，依然痛苦；改变了，至少还有一线生机。

有人还说，改变会破坏原来的积累。这是一个思维误区。其实，改变只会拓展你的积累。仔细想想，你过去的积累真的损失掉了吗？没有，仍然好好在那里放着，不过是你自己觉得已经用不上它们了。

我们每个人都在梦想中生活。人生苦短，何不按自己的想法去追求？

第四辑

打开心门

敞开心门，你便拥有了整个世界。

打开心门

大学毕业后，正值骄阳似火的七月，我背上行囊来到长江边的一座小城，想着将要在这座寂寞小城里开始我的职业生涯，我的心不断地下沉。

在单位里，我谨慎地和同事们打交道，从不主动和同事们来往，就像蚕蛹做茧一样小心翼翼地包裹自己的心。

一个夜晚，独自走在冷清的街道上，看着自己的身影，我低头缓步前行，品尝着独在异乡的滋味，异常的落寞。

"要不要晚报？"一声询问打破了我的沉思。抬头看看，一位卖报人略带着羞涩的笑容重复了一遍，眼里充满期盼。我轻轻摇摇头走开了，仍然沉浸在对生活的不满中，身后传来卖报人询问其他路人的声音："要不要晚报？"一声声充满期待的叫卖声在耳边回响，让我想起平时入睡了，还隐约听到的卖报声。小城看报的不多，常常深夜了，卖报人还在推销报纸，那应该是家人的生活来源。

声声卖报声，让我有些清醒了，我怎么连这点怜悯心都没有了，我良心发现似的忙转身追赶那位卖报人，好在他还没走远，我递过钱，轻声说："一份晚报!"他递来一份晚报，依旧带着微笑，由衷地说了一声："谢谢!"

面对卖报人的真诚谢意，我无言，谢我什么呢？仅仅是一份五角钱的报纸而已，他却如此感激。不曾想到善意竟是如此容易得到，一个小小的举动就让我获得了卖报人的感谢，我的心开始颤动。我平时在做些什么呢？一直以为，在这里孤苦无助。这个夜晚，我明白了，其实是我冷漠的眼光阻隔了善意的微笑，紧闭的心门拒绝着关爱的开启。

于是我开始微笑，开启自己的心门，慢慢地我习惯了这里的生活，听懂了这里浓重的地方口音。同事们也逐渐觉得这个新的大学生不再孤傲，他们帮我租到更舒适的房屋，请我到家里玩，包容我这个新手在工作中的失误。后来，我结识了许多善良的朋友。

终于，我要离开小城了。在春花烂漫的季节，我踏上了新的旅程，我将把小城的生活留在记忆画册中最为深情的那一页。在这里我懂得了，在充满温情的人世间，献出一点爱，你就会收获许多；敞开心门，你便拥有了整个世界。

听话不要听一半，不要把自己的意思投射到别人所说的话上头。

听的艺术

雨　佳

一次，美国知名主持人林克莱特采访一位小朋友，问他："你长大后想要当什么呀？"小朋友天真地回答："嗯，我要当飞机驾驶员！"林克莱特接着问："如果有一天，你的飞机飞到太平洋上空，所有引擎都熄火了，你会怎么办？"小朋友想了想："我会先告诉坐在飞机上的人绑好安全带，然后我挂上我的降落伞跳出去。"

当现场的观众笑得东倒西歪时，林克莱特继续注视着这孩子，想看他是不是自作聪明的家伙。

没想到，孩子的两行热泪夺眶而出，这才使得林克莱特发觉这孩子的悲悯之情远非笔墨所能形容。于是林克莱特问他："为什么要这么做？"他的答案透露出一个孩子真挚的想法："我要去拿燃料，我还要回来！我还要回来！"

　　你听到别人说话时……你真的听懂他说的意思了吗？如果不懂，就请听别人说完吧，这就是"听的艺术"：听话不要听一半，不要把自己的意思投射到别人所说的话上头。

我们都很平凡，做不了名人，却可以做真人。

做个真人

李文忠

关于真人，过去以为是云里来雾里去、不食人间烟火的超人。一次与一位普通人的偶然接触，改变了我的看法，原来在我们周围就有不少真人。

那天，办公室来了一位穿着朴素、相貌平常的人。因为我们那摊子事是服务性的，加上自己的心情也不是很好，在机关里待长了，便练就了一张左右逢源怎么说都有"理"的嘴，这大概就是通常说的"机关病"。这位来者一没有套近乎，二没有撒香烟，等我们把手头上的事干完了，才问哪位姓李，于是我们开始扯起来。这是第一次接触，不知怎么，他给我颇好的印象，要知道我这儿整天人来人往，一开始就在记忆中占个位置特别是好位置的还真不多。

后来，我们又有几次接触，按现在的说法都是他"求"我。可我十分乐意甚至有点殷勤地给办了，他也没什么特别感谢。再后来，我们就成离朋友还差一步之遥的熟人——感觉很谈得来。

产生真人印象是另一件事。

我一直为自己家里的电脑不能连续打印而犯愁。有一次，也不知怎么扯到了这事儿，他说他懂一点，晚上到我们家看看。我不清楚他具体住哪儿，但知道离我们家挺远，加上那"看看"给我的直觉就是"随嘴答"，也就没放在心里，可没想到晚上他真的来了，也不知他怎么找来的。我将他迎进来，彼此也没多少寒暄，他便坐在电脑前，把打印机的说明书拿出来参照。他试着敲了好几个键，在显示器上寻找打印机适用的种类，然后就在键盘上操作调整、对应，再试机打印，效果很好。他调出一份文件，再试打一次，看确实稳定了才关上机。

没有喝矿泉水，没有抽烟，问题便解决了，他就告辞且坚持不要我下楼送行。对于他的能耐我抱着好奇心，后来才得悉，他是工学院教授，曾在上海一所著名大学攻读，取得博士学位。在此之前，我怎么也看不出他有什么"闪光点"。

我们都很平凡，做不了名人，却可以做真人。"真"是一种含蓄、谦逊、更高层次的美，这种美就在平凡之中。

只有当一个人不说那多余的最后一句话时，言语才是黄金。

多余的最后一句话

［苏］ 菲利克斯·韦伯

我完成了一项新发现，这新发现的水平，达到了国家级奖的边缘。下面，我说说它的内容。有句著名的民间谚语："言语是白银，沉默是黄金。"我绝不否定这个谚语，但是我想对它进行下述修正：言语，也就是我们说出的话（这也是我的新发现的内容之一），也是黄金。不过，只有当一个人不说那多余的最后一句话时，言语才是黄金。

我以刚刚发生的一件事作为例子。今天，我吃完早点后，对妻子说："亲爱的，谢谢你。所有的东西都很好吃。"如果我的话说到这里便打住，就好了，可惜我又补充了一句："不过，我觉得燕麦粥有点煮糊了。"

您用肉眼即可看出，我的最后一句话，把事情完全搞糟了。

我妻子立刻把话题一转，从煮煳的燕麦粥扯到了我的几位近亲身上，使我知道了许多有关他们的奇闻轶事……

这种例子，可以举出成千上万。但是，我想，您一定已经明白了：每个人都应该学会控制自己发言的最后几句话，因为它们具有阴险的特性，能把我们的话从黄金变成白银，变成铜、水银、铅、尘埃、炉灰，甚至变成灰烬。

在我乘电车到大学去的途中，我一直琢磨这个问题，准备给自己的新发现做个结论，这时，忽然听见有个小伙子问道："请问，这辆电车去火车站吗？"

"是的。"一位围狐狸皮围脖的太太回答。

"怎么会去火车站呢？"另一位穿人造皮大衣的太太反驳她说，"这辆车回去的时候才经过火车站！现在它去肉食联合加工厂。世上竟有这种人——不知道，还乱说！"

干吗非要说这多余的最后一句话！那位太太搞错了，记错了方向，其实这没什么大不了的，谁没有这种时候！给她纠正过来，就得了，何必挖苦她！

"是的，我搞错了方向。"围狐狸皮围脖的太太回答。如果她说到这就打住，也就平安无事了，但是她加了一句："敢情您是个下贱货！"

穿人造皮大衣的太太紧跟着就回敬一句："跟我说话的人才是呢！"

围狐狸皮围脖的太太大嚷大叫起来："你是个大笨蛋！"

总而言之，从她俩嘴里冒出来的全是多余的最后一句话。

车上有个知识分子模样的人——一位大学教师，想对乘客们起点文化作用。

"请你们别吵了，"他用几乎是温柔的声调说，"告诉了年轻人车往哪儿走，就该谢谢你们了。都别说了，两位太太看上去挺叫人产生好感的……"

唉！如果可敬的大学教师只说这几句就好了！如果那样的话，他的金子般的话就可能被大家正确地接受，电车上就可能恢复宜人的安静，可惜，他认为有必要把话说完：

"……看上去挺叫人产生好感的，想不到竟是如此不文明！"

两位太太气得简直要从她们的冬装里跳出来了：

"打哪儿蹦出来这么个文明人！"

"大知识分子，怎么不坐出租汽车！"

"您干吗说我是大知识分子？"大学教师决定显示一下自己说俏皮话的本领，"说不定我和你们一样下贱呢！"

好家伙！这最后一句话惹出了什么样的风波呀！

不自主地引出这闹剧的"罪魁祸首"——年轻人，试图恢复电车上的秩序。

"我很感激，你们向我说明了到火车站应该怎么走。"他说。本来说到这里完全可以打住，但是他接着说了下去："要是知道你们会大吵大闹，我与其问你们，还不如上吊呢！"

围狐狸皮围脖的太太一听就炸了，决定揍小伙子，连穿人造皮大衣的太太一块儿揍。

到这时，我不能不干预了。

"朋友们！"我叫道，"你们全是好人。你们说的话，全是好话。糟糕的是，你们不能及时把伤害别人的最后一句话咽回去。你们应该学会不说多余的最后一句话，那就万事大吉了。"

"怎么又蹦出一个人！"两位太太合唱般异口同声地说。

"最好别教训人!"大学教师补充了一句——"他是知识分子呀!"

年轻人突然大发脾气。"大叔,你还是住口吧!"他大声喊道,"多余的最后一句话!这辆车上的乘客,除了你之外,全是傻瓜,是吧?眼镜蛇!"

王汶　译

勇敢者的座右铭，就是要学会双重的爱。

勇敢是什么

李阳波

电视里经常有动物互相残杀的激烈场面，如黑豹为捕获羚羊，常腾跃而起，疾如闪电，一番拼杀，羚羊死于非命；而羚羊也非等闲之辈，为躲避捕杀，常会竭尽全力，奋勇向前，虽逃不出魔掌，但也死得悲壮。于是，有人认为：为了生存，动物的第一反应便是勇敢地追逐或逃窜。人也一样，因此，勇敢是一种本能的迸发与冲动。

听说，有一位军人，在回家探亲途中赤手空拳与车匪搏斗，身受重伤。生命垂危之际，他仍高昂着头呐喊："抓歹徒！"因此，有人认为：勇敢，就是捍卫人格尊严的一个支点，有了它，即使你粉身碎骨，但你依然在人们心中树立了丰碑。

而美国女孩玛丽一天开门时，发现一个持刀男子凶狠地站在门前。"不好，遇到劫匪了！"这一念头骤然跃入玛丽的脑海，但她迅速地镇静下来。她微笑着说："朋友，你真会开玩笑，你是来推销菜刀的吧？我喜欢，我要一把。"接着便让男子进屋，还神采奕奕地对男子说："你很像我以前一个热心的邻居，见到你我真高兴，你要咖啡，还是茶？"原来满脸杀气的男子竟有些拘谨起来，忙结巴地说："谢谢，谢谢！"片刻，玛丽买下了那把菜刀，男子拿了钱迟疑了一下便走了。在转身离去的一刹那，男子对玛丽说："小姐，你将改变我的一生……"

在我看来，第一种勇敢倾向于生理方面，第二种勇敢倾向于心理方面，第三种勇敢才是一种智勇双全的全新意义上的勇敢。

所谓勇敢，乃是通过自己的沉着、冷静和智慧，努力做到既拯救自己，又挽救别人！勇敢者的座右铭，就是要学会双重的爱，否则，勇敢给人的感觉是鲁莽、悲壮或是凄美。

福利虽然重要，但那封礼贤下士的信，才是最珍贵的奖励。

尊重的力量

沈良玑

在我办公室的墙上，随俗地挂着一些镜框，有毕业文凭、得奖的合影、学术团体会员证等。心细的人，会发现在不大显著的地方有一封信，它与别的文件不太相配。如果客人好奇，问起这封信的由来，我会讲下面的故事给他听。

我到哈佛读研究生的第一年很幸运，有全额奖学金，可以让我一心一意地念书。第二年就没有那么惬意了，只好向校方申请助教奖学金，即替教授打工，做些力所能及的事。递了表格后，我心中就七上八下地等候消息。

不久便收到一封校方公函，打开一看，顿时愣住了，第一个反应是，一定有人捉弄我，这是封不可靠的信！为什么呢？因为信一开头就尊称我"阁下"（Sir），而不是一般的称呼"先生"（Mister）。我只是个微不足道的二年级研究生，写信人代表高高在上的哈佛大学校长及校董，叫我"先生"已经受宠若惊了，怎能担当起"阁下"的尊称？

信的第二句话也离谱得很："我恳求地告知您，校长及校董开会后，决定聘请您为助教……"等，"我恳求"原文是"I Beg to"，一般是居下对上的口气。如此谦恭，教人如何消受？

最叫人吃惊的是写信人落款，自称为"您顺从的仆人"（Your Obedient Servant），这真是匪夷所思了。

所以，看完了信，心想定是哪位学兄跟我开玩笑，炮制这样的信来寻开心。但是，看看信纸信封都是正式校方用笺，又觉得不易做伪。可是堂堂的哈佛校方，会对默默无闻的学生如此敬语相称吗？难道我是在做梦？

我们的历史书中，有许多像三顾茅庐、折节求贤的记载，但是被邀请出山的都已声名远扬，默默无闻的小人物绝不会受到这般礼遇的。虽有像战国四公子孟尝君这样的人，鸡鸣狗盗者都可以来门下做食客，但主人还没有谦卑到自称为佣仆的地步。如此说来，难道这些对人谦恭的词句，是这座高等学府的传统？

我向一位读文科的学长请教，他说以仆人自称的做法，在一两百年前的西洋公文书信中倒是常有的，不过以此用在给学生的信中，也并不多见，想必是校方有意沿袭古风，以表尊师重道，难得的是连学生助教都一视同仁。

第二天我怀着胆怯猜疑的心情，去国际留学生中心和人事处查询，方肯定这封信果然货真价实。校方还介绍说，做了助教，有薪可支，学费全免，甚至可以成为教授俱乐部会员。我觉得这些福利虽然重要，但那封礼贤下士的信，才是最珍贵的奖励。当时我许下一个愿望，将来成为富翁，一定捐巨款给学校。

此后的年月，这封信一直挂在我办公室的墙上。惭愧的是自己没有变成大富翁，毕业后一直兢兢业业从事教育工作，每年只给母校寄去微薄的心意，但是，我很高兴看到有许多校友用大笔资金回馈母校。我想，他们必定也接到过类似的信函，或身受过相似的礼遇。我能做到的是，有人问起挂在墙上的信，我便会重复这个故事。我也曾经说给我现在的上司听，似乎没有起什么作用，我只好常常提醒自己，对学生要以自己的经验为榜样，尊重其人，待之以礼，希望一封类似"顺从仆人"的信，也能一辈子挂在他们心上。

第五辑

梦想的
远近

立刻想得到某些东西和树立一个目标，会使自己的生活有天壤之别。

梦想的远近

[美] 里基·C·亨利

从小到大，我们家里一直都很穷，但是充满了爱和关心，我是快乐而有朝气的。我知道不管一个人有多穷，他仍然可以做自己的梦。

我的梦想就是运动。在我 16 岁的时候，我就能够压碎一只棒球；能够以每小时 140 多公里的速度扔出一个快球，并且撞在足球场上移动着的任何一件东西上。我的高中教练是奥利·贾维斯，他不仅相信我，而且还教我怎样自己相信自己。他教我知道，拥有一个梦想和足够的自信，会使自己的生活有怎样的不同。贾维斯教练对我所做的一件特殊的事情，永远改变了我的生活。

那是在我低年级升入高年级的夏天，一个朋友推荐我去做一份暑期工。这是一个意味着我的口袋里会有钱的机会——有钱可以和女孩子约会，可以买一辆新的自行车和一件新衣服，还意味着为我的母亲买一座房子的目标增加一些储蓄。这份夏日的工作对我来说是极具诱惑力的，这个机会使我高兴得跳了起来。

接着，我意识到如果我去做这份工作，我就必须放弃暑假的棒球运动，那意味着我必须得告诉贾维斯教练我不能去打球了。我害怕这一点，当我把这件事告诉贾维斯教练的时候，他真的像我预料的一样生气了。"你还有你一生的时间可以去工作，"他说，"但是，你练球的日子是有限的，你根本浪费不起。"我低着头站在他面前，努力想向他解释，为了那个替我的妈妈买一座房子和口袋里有钱的梦想，即使让他对我失望我认为也是值得的。

"你做这份工作能挣多少钱，孩子？"他问道。

"每小时 3.25 美元。"我回答。

他问道："你认为，一个梦想就值一小时 3.25 美元吗？"

那个问题，简单得不能再简单了，它赤裸裸地摆在我的面前，让我看到了立刻想得到的某些东西和树立一个目标之间的不同之处。那年暑假，我全身心地投入到运动中去，同一年，我被匹兹堡海盗队挑选去做队员，并与他们签订了一份价值两万美元的契约。后来，我在亚利桑那州的州立大学里获得了足球奖学金，那使我获得了接受教育的机会；在全美国的后卫球员中，我两次被公众认可，并且在美国国家足球联盟队队员的挑选赛中，排在了第七名。1984 年，我与丹佛的野马队签订了 170 万美元的合同，我终于为我的母亲买了一座房子，实现了我的梦想。

尘子芥　编译

所有成功，最初都是从一个小小的信念开始的。

信　念

章剑和

　　罗杰·罗尔斯是纽约历史上第一位黑人州长，他出生在纽约的声名狼藉的大沙头贫民窟。在这儿出生的孩子，长大后很少有人获得较体面的职业。然而，罗杰·罗尔斯是个例外，他不仅考入了大学，而且成了州长。在他就职的记者招待会上，罗尔斯对自己的奋斗史只字不提，他仅说了一个非常陌生的名字——皮尔·保罗。后来人们才知道，皮尔·保罗是他小学的一位校长。

　　1961年，皮尔·保罗被聘为诺必塔小学的董事兼校长。当时正值美国嬉皮士流行的时代。他走进大沙头诺必塔小学的时候，发现这儿的穷孩子比"迷惘的一代"还要无所事事，他们旷课、斗殴，甚至砸烂教室的黑板。当罗尔斯从窗台上跳下，伸着小手走向讲台时，皮尔·保罗说，我一看你修长的小拇指就知道，将来你是纽约州的州长。当时，罗尔斯大吃一惊，因为长这么大，只有他奶奶让他振奋过一次，说他可以成为五吨重的小船的船长。这一次皮尔·保罗先生竟说他可以成为纽约州州长，着实出乎他的意料，他记下了这句话，并且相信了它。从那天起，纽约州州长就像一面旗帜竖起在他心里。他的衣服不再沾满泥土，他说话时也不再夹杂污言秽语，他开始挺直腰杆走路，他成了班主席。在以后的40多年间，他没有一天不按州长的身份要求自己。51岁那年，他真的成了州长。

在他的就职演说中，有这么一段话。他说："在这个世界上，信念这种东西任何人都可以免费获得，所有成功，最初都是从一个小小的信念开始的。"

问题就在于，有人只希望脱离苦海，而有的人希望在困境中获得应对问题的力量。

窗外的天空

比尔大学毕业后，应征入伍，被派遣到美国海军第七陆战队第五特遣队。不久，他所在的部队便奉命开赴沙漠地区，进行野外生存训练。

对比尔来说，这次训练既令他兴奋又令他紧张。兴奋的是可以领略沙漠美丽的风光，紧张的是他不知道即将开始的生活是什么样。然而，初见广袤沙漠的喜悦和兴奋，也就在他的内心停留了那么两三天，便被严酷的生存课所吞噬。

比尔躺在自己挖的沙窝里，一分一秒地忍受着耐力训练给他带来的孤寂与焦躁。他想找个人聊聊，可离他最近的列兵也有 30 米远，他们无法交谈；他想睡一会儿，但又怕毒蛇和沙暴的突然袭击，他只感觉眼前漫天的黄沙仿佛是一台榨油机，正一点一点将他内心的那份坚强与自信榨干。

然而，这一切只是他们这次训练的开始。

在来到沙漠的第 15 天后，他给他的父亲、一位陆军将军写了一封信，希望父亲将他调离特遣队。之后，等待便成了他每日军营生活中唯一的希望。

一周后，他接到了父亲的来信，父亲在信中只给他讲了这样一个故事：

那是在第二次世界大战时，在纳粹的奥斯维辛集中营的一间狭窄的囚室里关着两个人，他们唯一能了解世界的地方，是囚室里那扇一尺见方的窗口。

每天早上，他俩都要轮流去窗口眺望外面的世界。

一个人总爱看窗外的天空，看蓝色天空中的小鸟自由地翱翔；另一个人却总是关注高墙和铁丝网。前者的内心豁达而高远，后者的内心却充满了焦躁与恐惧。

半年后，后者因忧郁死在狱中；前者却坚强地活了下来，直到获救。

同样的环境为什么孕育了两种不同的人生态度？还有什么事情比一个人每天努力地活下去更了不起呢？还有什么能够比一个人每天早上醒来，看见早上的阳光、蓝天更令人愉快呢？如此一想，比尔的心窗亮了。

接下来的训练中，比尔的内心仿佛又充满了活力。他没有辜负父亲的用心，并在那次艰苦的训练中，因表现出色而获得嘉奖。

人生中，确实会有许多问题困扰着你。不同的是，同样的困境中，有的人失败了，有的人成功了。之所以会出现这样的结果，问题就在于，有人只希望脱离苦海，而有的人希望在困境中获得应对问题的力量。

把你的精神常常集中在 5 个街口的短短距离，别让那遥远的未来使你烦闷异常。

距离产生目标

[美] 雷　因

25 岁的时候，我因失业而挨饿，以前在君士坦丁堡，在巴黎，在罗马，都尝过贫穷和挨饿的滋味。然而，在这个处处充溢着豪华气息的纽约城，我尤其觉得失业的可悲。

我不知道有什么办法能改变这种局面，因为我胜任的工作非常有限。我能写文章，但不会用英文写作。白天就在马路上东奔西走，目的倒不是为了锻炼身体，因为这是躲避房东讨债的最好办法。

一天，我在 42 号街碰见一位金发碧眼的大高个儿，立刻认出他是俄国的著名歌唱家夏里宾先生。记得我小时候，常常在莫斯科帝国剧院的门口，排在观众的行列中间，等待好久之后，方能购得一张票，去欣赏这位先生的表演。后来我在巴黎当新闻记者，曾经去访问过他。我以为他当时是不会认识我的，然而他还记得我的名字。

"很忙吗?"他问我。

我含糊地回答了他，我想他已一眼看出了我的境遇。

"我住的旅馆在第103号街，百老汇那边，跟我一同走过去，好不好?"他问我。

走过去? 当时是中午，我已走了5个小时的马路了。

"但是，夏里宾先生，还要走60个街口，路不近呢。"

"胡说。"

他笑着说，"只有5个街口。"

"5个街口?"我觉得很诧异。

"是的，"他说，"但我不是说到我的旅馆，而是到第6号街的一家射击游艺场。"

这有些答非所问，但我顺从地跟着他走。一下子就到了射击游艺场的门口，看到两名水兵好几次都打不中目标。然后我们继续前进。

"现在，"夏里宾说，"只有11个街口了。"

我摇了摇头。

不多一会儿，走到卡约纳奇大戏院。夏里宾说，他要看看那些购买戏票的观众究竟是什么样子，几分钟之后，我们继续前进。

"现在，"夏里宾愉快地说："咱们离中央公园的动物园只有5个街口了，动物园里有一只猩猩，它的脸很像我所认识的唱次中音的朋友。我们去看看那只猩猩。"

又走了12个街口，已经来到百老汇，我们在一家小吃店前停了下来。橱窗里放着一坛咸萝卜。夏里宾奉医嘱不能吃咸菜，因此他只好隔窗望了望。

"这东西不坏呢，"他说，"它使我想起了我的青年时期。"我走了许多路，原该筋疲力尽的了，可是奇怪得很，今天反而比往常好些。这样忽断忽续地走着，走到夏里宾住的旅馆的时候，他满意地笑着："并不太远吧？现在让我们来吃午饭。"

在那满意的午餐之前，夏里宾向我解释为什么要我走这许多路的理由。

"今天的走路，你可以一直记在心里。"这位大音乐家严肃地说，"这是生活艺术的一个教训：你与你的目标之间无论有怎样遥远的距离，都不要担心。把你的精神常常集中在 5 个街口的短短距离，别让那遥远的未来使你烦闷异常。常常注意于未来 24 小时内使你觉得有趣的小玩意儿。"

屈指算来，从那天到今天，已经 19 年了，夏里宾也已长辞人世。我们共同走过马路的那一天永远值得我纪念，因为尽管那些马路如今大都已经变了样子，可是夏里宾的实用哲学，有好多次都解决了我的难题。

这个分段实现大目标的做法，距离实际上并没有缩短，但是从心理上减轻了人的压力与不安，让人容易坚持走下去。

人生之路，尤其是通向成功的路上，几乎是没有宽阔的大门的，所有的门都是需要弯腰侧身才可以进去。

弯腰的哲学

鲁先圣

孟买佛学院是印度最著名的佛学院之一，这所佛学院之所以著名，除了它建院历史的久远、建筑的辉煌和它培养出了许多著名的学者以外，还有一个特点是其他佛学院所没有的。这是一个极其微小的细节，但是，所有进入过这里的人，当他再出来的时候，几乎无一例外地承认，正是这个细节使他们顿悟，正是这个细节让他们受益无穷。

这是一个很简单的细节，只是我们都没有在意：孟买佛学院在它的正门一侧又开了一个小门，这个小门只有 1.5 米高、0.4 米宽，一个成年人要想过去，必须学会弯腰侧身，不然就只能碰壁了。

这正是孟买佛学院给它的学生上的第一堂课。所有新来的人，教师都会引导他到这个小门旁，让他进出一次。很显然，所有的人都是弯腰侧身进出的，尽管有失礼仪和风度，但是达到了目的。教师说，大门当然出入方便，而且能够让一个人很体面很有风度地出入，但是，有很多时候，我们要出入的地方并不都是有着壮观的大门的，或者有大门也不是随便可以出入的。这个时候，只有学会了弯腰和侧身的人，只有暂时放下尊贵和体面的人，才能够出入。否则，有很多时候，你就只能被挡在院墙之外了。

佛学院的教师告诉他们的学生，佛家的哲学就在这个小门里，人生的哲学也在这个小门里。人生之路，尤其是通向成功的路上，几乎是没有宽阔的大门的，所有的门都是需要弯腰侧身才可以进去。

不是每个人都要建一座水晶大教堂，但是每个人都可以设计自己的梦想。

奇迹诞生的途径

亚　萍

1968 年的春天，罗伯·舒乐博士立志在加州用玻璃建造一座水晶大教堂，他向著名的设计师菲利普·强生表达了自己的构想："我要的不是一座普通的教堂，我要在人间建造一座伊甸园。"

强生问他预算，舒乐博士坚定而坦率地说："我现在一分钱也没有，所以 100 万美元与 400 万美元的预算对我来说没有区别，重要的是，这座教堂本身要具有足够的魅力来吸引捐款。"

教堂最终的预算为 700 万美元。700 万美元对当时的舒乐博士来说，是一个不仅超出了能力范围甚至超出了理解范围的数字。

当天夜里，舒乐博士拿出一页白纸，在最上面写上"700万美元"，然后又写下10行字：

一、寻找1笔700万美元的捐款。

二、寻找7笔100万美元的捐款。

三、寻找14笔50万美元的捐款。

四、寻找28笔25万美元的捐款。

五、寻找70笔10万美元的捐款。

六、寻找100笔7万美元的捐款。

七、寻找140笔5万美元的捐款。

八、寻找280笔2.5万美元的捐款。

九、寻找700笔1万美元的捐款。

十、卖掉1万扇窗，每扇500美元。

60天后，舒乐博士用水晶大教堂奇特而美妙的模型打动富商约翰·可林捐出了第一笔100万美元。第65天，一对倾听了舒乐博士演讲的农民夫妇，捐出第一个1000美元。

第90天时，一位被舒乐博士孜孜以求的精神所感动的陌生人，在生日的当天寄给舒乐博士一张100万美元的支票。

8个月后，一名捐款者对舒乐博士说："如果你的诚意与努力能筹到600万美元，剩下的100万美元由我来支付。"

第二年，舒乐博士以每扇500美元的价格请求美国人认购水晶大教堂的窗户，付款的办法为每月50美元，10个月付清。6个月内，一万多扇窗户全部售出。

1980年9月，历时12年、可容纳一万多人的水晶大教堂竣工，成为世界建筑史上的奇迹与经典，也成为世界各地前往加州的人必去游览的胜景。

　　水晶大教堂最终的造价为 2000 万美元，全部是舒乐博士一点一滴筹集而来的。

　　不是每个人都要建一座水晶大教堂，但是每个人都可以设计自己的梦想。每个人都可以摊开一张白纸，敞开心扉，写下十个甚至一百个实现梦想的途径。

路的旁边
也是路

第六辑

事实上，更多的时候，我们在生活的路上走得不好，不是路太狭窄了，而是我们的眼光太狭窄了。

路的旁边也是路

马　德

1956年，松下电器与日本生产电器精品的大阪制造厂合资，设立了大阪电器精品公司，制造电风扇。当时，松下幸之助委任松下电器公司的西田千秋为总经理，自己任顾问。

这家公司的前身，是专做电风扇的，后来开发了民用排风扇，但即使如此，产品还是显得很单一。西田千秋准备开发新的产品，试着探询松下的意见，松下对他说："只做风的生意就可以了。"

当时松下的想法，是想让松下电器的附属公司尽可能专业化，以图有所突破。可是松下电器的电风扇制造已经做得相当卓越，颇有余力开发新的领域。尽管如此，西田得到的仍是松下否定的回答。

　　然而，西田并未因松下这样的回答而灰心丧气。他的思维极其灵活与机敏，他紧盯住松下问道："只要是与风有关的，任何事情都可以做吗？"

　　松下并未细想此话的真正意思，但西田所问的与自己的指示很吻合，所以回答说："当然可以了。"

　　四五年之后，松下又到这家工厂视察，看到厂里正在生产暖风机，便问西田："这是电风扇吗？"

　　西田说："不是。但它和风有关。电风扇是冷风，这个是暖风，你说过要我们做风的生意。这难道不是吗？"

　　后来，西田千秋一手操办的松下精工的风家族，已经非常丰富了。除了电风扇、排风扇、暖风机、鼓风机之外，还有果园和茶圃的防霜用换气扇，培养香菇用的调温换气扇，家禽养殖业的棚舍换气调温系统……

　　西田千秋只做风的生意，就为松下公司创造了一个又一个的辉煌。

　　生活中，我们在一条路上不断地走，总觉得自己已经把路走绝了，再不能走出一片崭新的天地，再不会有更大的成就。实际上，路的旁边也是路。可能我们一生注定只能奔赴一个方向，如果总是沿着那条老路前进，当然有把路走烦、走厌、走绝的时候。西田千秋试着往旁边跨了几步，就发现了无数条路，而且条条都是全新的路，并最终引领他走向了成功。

　　事实上，更多的时候，我们在生活的路上走得不好，不是路太狭窄了，而是我们的眼光太狭窄了，所以最后堵死我们的不是路，而是我们自己。

是主动出击还是被动选择，也许这决定着你人生的分水岭。

让名字找到机会

梁政枢

那是我在北京参加的一期培训。课间，主办方安排一位专家做了一场讲演。讲演的人总希望有人配合自己，于是他问："在座的有多少人是喜欢经济的？"由于怕被提问，大家都选择了沉默。专家苦笑一下说，我先暂停一下，讲个故事给你们听。

"我刚到美国读书的时候，在大学里经常有讲座，每次都是请华尔街或跨国公司的高级管理人员讲演。我发现一个有趣的现象，我周围的同学总是拿一张硬纸，中间对折一下，让它可以立着，然后用颜色很鲜艳的笔大大地用粗体写上自己的名字，再放在桌前。于是，演讲者需要听者回答问题时，他就可以直接看名字叫人。

"我不解，便问旁边的同学。他笑着告诉我，讲演的人都是一流的人物，他们就意味着机会。当你的回答令他满意或吃惊时，很有可能就暗示着他会给你提供很多机会。这是一个很简单的道理。

"事实也是如此，我的确看到我周围的几个同学，因为出色的见解最终得以到一流的公司供职……"

这故事让我突然明白了许多。确实，在人才辈出、竞争日趋激烈的今天，机会一般不会自动找到你，只有敢于表达自己、醒目地亮出自己、让别人认识你，你才有可能得到机会。说到底，这是一种观念，是主动出击还是被动选择，也许这决定着你人生的分水岭。

要想成为一个独立的个体，就要坚强到能承受这些批评。

你可以与众不同

[美] 胡皮·戈德堡

我成长于环境复杂的纽约市劳工区切尔西。时值嬉皮士时代，我身穿大喇叭裤，头顶阿福柔犬蓬蓬头，脸上涂满五颜六色的彩妆，为此，常招致住家附近各种人士的批评。

有一天晚上，我跟友人约好一起去看电影。时间到了，我身穿扯烂的吊带裤，一件绑带衬衫，以及一头阿福柔犬蓬蓬头。当我出现在朋友面前时，她看了我一眼，然后说："你应该换一套衣服。"

"为什么？"我很困惑。

"你扮成这个样子，我才不要跟你出门。"

我怔住了："要换你换。"

于是她走了。

当我跟朋友说话时，母亲正好站在一旁。这时，她走向我说："你可以去换一套衣服，然后变得跟其他人一样。但你如果不想这么做，而且坚强到可以承受外界嘲笑，那就坚持你的想法。不过，你必须知道，你会因此引来批评，你的情况会很糟糕，因为与大众不同本来就不容易。"

我受到极大震撼。因为我明白，当我探索另类存在方式时，没有人有必要鼓励我，甚至支持我。当我的朋友说"你得去换一套衣服"时，我陷入两难抉择：倘若我今天为你换衣服，日后还得为多少人换多少次衣服？我想，母亲是看出了我的决心，她看出我在向这类同化压力说"不"，看出我不愿为别人改变自己。

人们总喜欢评判一个人的外形，却不重视其内在。要想成为一个独立的个体，就要坚强到能承受这些批评。我的母亲告诉我，拒绝改变并没有错，但她也警告我，拒绝与大众一致是一条漫长的路。

我这一生始终摆脱不了与众一致的议题。当我成名后，我也总听到人们说："她在这些场合为什么不穿高跟鞋，反而要穿红黄相间的快跑运动鞋？她为什么不穿洋装？她为什么跟我们不一样？"到头来，人们之所以受到我的吸引，学我的样子绑黑人细辫子头，又恰恰因为我与众不同。

如何使自己更强，才是你需要苦练的根本。

重要的是自己强大起来

　　一位搏击高手参加锦标赛，自以为稳操胜券，一定可以夺得冠军。出乎意料的是，在最后的决赛中，他遇到了一个实力相当的对手，双方竭尽全力出招攻击。打到中途时，搏击高手意识到，自己竟然找不到对方招式中的破绽，而对方的攻击往往能够突破自己防守中的漏洞。

　　比赛的结果可想而知，搏击高手惨败在对方手下，也失去了冠军的奖杯。

　　他愤愤不平地找到自己的师父，一招一式地将对方和他搏击的过程演练给师父看，并请求师父帮他找出对方招式中的破绽。他决心根据这些破绽，苦练出足以攻克对方的新招，决心在下次比赛时，打倒对方，夺回冠军的奖杯。

　　师父笑而不语，在地上画了一条线，要他在不能擦掉这条线的情况下，设法让这条线变短。

　　搏击高手百思不得其解，怎么会有像师父所说的办法，能使地上的线变短呢？最后，他无可奈何地放弃了思考，转向师父请教。

师父在原先那道线的旁边，又画了一道更长的线。两者相比较，原先的那道线，看来变得短了许多。

师父开口道："夺得冠军的关键，不仅仅在于如何攻击对方的弱点，正如地上的长短线一样，只有你自己变得更强，对方就如原先的那条线一样，也就在相比之下变得较短了。如何使自己更强，才是你需要苦练的根本。"

在夺取成功的道路上，在夺取冠军的道路上，有无数的坎坷与障碍需要我们去跨越、去征服。人们通常走的有两条路：

一条路是侧重攻击对手的薄弱环节。正如故事中的那位搏击高手，欲找出对方破绽，给予致命的一击，用最直接、最锐利的技术或技巧，快速解决问题。

另一条路是全面增强自身实力。就是故事中那位师父所提供的方法，更注重在人格上、在知识上、在智慧上、在实力上使自己加倍地成长，变得更加成熟，变得更加强大，使许多问题不攻自破，迎刃而解。

一个人的成就大小，往往取决于他所遇到的困难的程度。

跨栏定律

流　沙

一位名叫阿费烈德的外科医生在解剖尸体时，发现一个奇怪的现象：那些患病器官并不如人们想象得那样糟，相反在与疾病的抗争中，为了抵御病变，它们往往要变得比正常的器官机能更强。

最早的发现是来自一个肾病患者的遗体。当他从死者的体内取出那只患病的肾时，他发现那只肾要比正常的大。当他再去分析另外一只肾时，他发现另外一只肾也大得超乎寻常。在多年的医学解剖过程中，他不断地发现包括心脏、肺等几乎所有人体器官都存在着类似的情况。

他为此撰写了一篇颇具影响的论文，从医学的角度进行了分析。他认为，患病器官因为和疾病斗争而使器官的功能不断增强。假如有两只相同的器官，当其中一只器官死亡后，另一只器官就会努力承担起全部的责任，从而使健全的器官变得强壮起来。

他在给美术学院的学生治病时又发现了一个奇怪现象，这些搞艺术的学生的视力大不如人，有的甚至还是色盲。阿费烈德便觉得这就是病理现象在社会现实中的重复，他把自己的思维触角延伸到更为广泛的层面。

在对艺术院校教授的调研中，结果与他的预测完全相同。一些颇有成就的教授之所以走上艺术道路，原来大都是受了生理缺陷的影响，缺陷不是阻止了他们，相反促进他们走上了艺术道路。

阿费烈德将这种现象称为"跨栏定律"，即一个人的成就大小，往往取决于他所遇到的困难的程度。

其实，按照阿费烈德的"跨栏定律"，可以解释生活中许多现象，譬如盲人听觉、触觉、嗅觉都要比一般人灵敏；失去双臂的人平衡感更强，双脚更灵巧。所有这一切，仿佛都是上帝安排好的，如果你不缺少这些，你就无法得到它们。竖在你面前的栏越高，你跳得也越高。

一个人的缺陷有时候就是上苍给他的成功信息。

对善于观察的人，最渺小的事物往往就是最重大的事物。

雏 菊

[法] 雨 果

前几天我经过文宪路，一座连接两处六层高楼的木栅栏引起我的注意。它投影在路面上，透过拼合得不严紧的木板，阳光在影上画线，吸引人的平行金色条纹，像文艺复兴时期美丽的黑缎上所呈现的。我走近前去，往板缝里观看。

这座栅栏今天所围住的，是两年前即 1839 年 6 月被焚毁的滑稽歌舞剧院的场地。

午后两点，烈日炎炎，路上空无人迹。

一扇灰色的门，大概是单扇门，两边隆起中间凹下，还带有洛可可式的装饰，可能是百年前爱俏的年轻女子的闺门，正安装在栅栏上。稍稍提起插栓，它就开了。我走了进去。

凄凄惨惨，无比荒凉。满地泥灰，到处是大石块，被遗弃在那里等待，苍白如墓石，发霉像废墟。场里没有人。邻近的房屋墙上留有明显的火焰与浓烟的痕迹。

可是，这块土地，火灾以后已遭受两个春天的连续毁坏，在它的梯形的一隅，在一块正在变绿的巨石下面，延伸着埋葬虫与蜈蚣的地下室。巨石后面的阴暗处，长出了一些小草。

我坐在石上俯视这株植物。天哪！就在那里长出一株世界上最美丽的小小的雏菊，一只可爱的小小的飞虫绕着娇艳的雏菊来回地飞舞。

这朵草花安静地生长，并遵循大自然的美好规律，在泥土中，在巴黎中心，在两条街道之间；离王宫广场两步，离骑兵竞技场四步，在行人、店铺、出租马车、公共马车和国王的四轮华丽马车之间。这朵花，这朵临近街道的田野之花激起我无穷无尽的遐想。

十年前，谁能预见日后有一天在那里会长出一朵雏菊！

如果说在这原址上，就像旁边的地面上一样，从没有别的什么，只有房产业主、房客和看门人，以及夜晚临睡前小心翼翼灭烛熄火的居民，那么在这里绝对不会长出田野的花。

这朵花凝结了多少事物，多少失败和成功的演出，多少破产的人家，多少意外的事故，多少奇遇，多少突然降临的灾难！对于每晚被吸引到这里来生活的我们这帮人，如果两年前眼中出现这朵花，这帮人会把它当作幽灵！命运是多么捉弄人！多少神秘的安排，归根结底，终于化为这光洁四射的悦目的小小黄太阳！

必须先要有一座剧院和一场火灾，即一个城市的欢乐和一个城市的恐怖，一个是人类最优美的发明，一个是最可怕的天灾，30 年的狂笑和 30 小时的滚滚火焰，才促生出这朵雏菊，赢得这飞虫的喜悦！

对善于观察的人，最渺小的事物往往就是最重大的事物。

每个人都应该有一副"心理耳罩",有时候可以用来遮住自己的双耳。

先控制自己

王笑东

在宾夕法尼亚的一家杂货铺里,富兰克林(18世纪美国著名政治家、科学家)目睹了一件事,它说明了自制的重要。

在这家杂货铺受理顾客投诉的柜台前,许多女士排着长长的队伍,争着向柜台后的那位年轻女郎诉说他们所遭遇的困难,以及这家杂货铺不对的地方。在这些投诉的妇女中,有的十分愤怒且蛮不讲理,有的甚至讲出很难听的话。柜台后的这位年轻女郎——接待了这些愤怒而不满的妇女,丝毫未表现出任何憎恶。她脸上带着微笑,指导这些妇女们前往相应的部门,态度优雅而镇静。富兰克林对她的自制、修养非常惊讶。

站在她背后的是另一位年轻女郎,她在一些纸条上写下一些字,然后把纸条交给站在前面的那位女郎。这些纸条很简要地记下了妇女们抱怨的内容,但省略了这些妇女原有的尖酸用语和愤怒的语气。

原来，站在柜台后面、面带微笑聆听顾客抱怨的这位年轻女郎是位聋哑人，她的助手通过纸条把所有必要的事实告诉她。

自从富兰克林亲眼看到那一幕之后，每当对自己不喜欢听到的评论感到不耐烦时，他就立刻想起了柜台后面那位女郎自制而镇静的神态。他经常这么想：每个人都应该有一副"心理耳罩"，有时候可以用来遮住自己的双耳。富兰克林个人已经养成一种习惯，对于不愿意听到的那些无聊谈话，可以把两个耳朵"闭上"，以免在听到之后徒增憎恨与愤怒。生命十分短暂，有很多建设性的工作等待我们去做，因此，我们不必对说出我们不喜欢听到的话语的每个人进行反击。

在他事业生涯的初期，富兰克林发现，缺乏自制力对生命造成了极为可怕的破坏。这是从一个十分普通的事件中发现的，这项发现使富兰克林获得了一生当中最重要的一次教训。

有一天，富兰克林和沃茨印刷厂的管理员发生了一场误会。这场误会导致了他们两人之间彼此憎恨，甚至演变成激烈的敌对状态。这位管理员为了显示他对富兰克林一个人在排版间工作的不满，把房里的蜡烛全部都收了起来。这种情形一连发生了几次，最后富兰克林到库房里排一篇准备在第二天晚上发表的稿子，在版桌前坐好后，却怎么也找不到蜡烛。

富兰克林立刻跳起来，找到了那个管理员。

最后，富兰克林实在想不出什么骂人的词句了，只好放慢了速度。这时候，管理员直起身体，转过头来，脸上露出开朗的微笑，并以一种充满镇静与自制的柔和声调说："你今天有点儿激动吧，不是吗？"

他的这段话就像一把锐利的短剑，一下子刺进了富兰克林的身体。

富兰克林的良心受到了谴责。富兰克林知道，他不仅被打败了，而且更糟糕的是，他是错误的一方，这一切只会增加他的羞辱感。富兰克林转过身子，以最快的速度回到库房。他再也没有其他事情可做了。当富兰克林把这件事反省了一遍之后，他立即看出了自己的错误。

富兰克林知道，必须向那个人道歉，内心才能平静。最后，他费了很长的时间才下定决心，决定到地下室去，忍受必须忍受的这个羞辱。

富兰克林来到地下室后，把那位管理员叫到门边。管理员以平静、温和的声调问道："你这一次想要干什么？"

富兰克林告诉他："我是来为我的行为道歉的——如果你愿意接受的话。"管理员脸上又露出那种微笑，他说："凭着上帝的爱心，你用不着向我道歉。除了这四堵墙壁，以及你和我之外，并没有人听见你刚才所说的话。我不会把它说出去的，我知道你也不会说出去的，因此，我们不如就把此事忘了吧。"

这段话对富兰克林所造成的影响更甚于他第一次所说的话。

富兰克林向他走过去，抓住他的手，使劲握了握。富兰克林不仅是用手和他握手，更是用心和他握手。在回库房的途中，富兰克林感到心情十分愉快，因为他终于鼓起勇气，化解了自己做错的事。

这个事件成为富兰克林一生当中最重要的一个转折点。富兰克林说："这件事教导我，一个人除非先控制了自己，否则他将无法控制别人。"这也使我们明白了这句话的真正意义：上帝要毁灭一个人，必先使他疯狂。